O OLHAR CINGIDO

FLÁVIO BRAGA

O OLHAR CINGIDO

EDITORA RECORD

RIO DE JANEIRO • SÃO PAULO

2010

CIP-BRASIL. CATALOGAÇÃO-NA-FONTE
SINDICATO NACIONAL DOS EDITORES DE LIVROS, RJ

B792o Braga, Flávio
       O olhar cingido / Flávio Braga. – Rio de Janeiro: Record, 2010.

       ISBN 978-85-01-08213-8

       1. Romance brasileiro. I. Título.

                                    CDD: 869.93
09-4368   CDU: 821.134.3(81)-3

Copyright © Flávio Braga, 2010

Capa: Estúdio Insólito

Texto revisado segundo o Novo Acordo Ortográfico da Língua Portuguesa

Direitos exclusivos desta edição reservados pela
EDITORA RECORD LTDA.
Rua Argentina 171 – 20921-380 – Rio de Janeiro, RJ – Tel.: 2585-2000

Impresso no Brasil

ISBN 978-85-01-08213-8

PEDIDOS PELO REEMBOLSO POSTAL
Caixa Postal 23.052 – Rio de Janeiro, RJ – 20922-970

Cada ser humano está dividido entre os homens que poderia ser.

Paul Nizan

PARTE I

Ao final de sua intervenção, Fredo Bastos olhou as centenas de rostos como uma única face agradecida por suas palavras. O quase silêncio se alongou por um, dois, três, quatro segundos, e então alguém puxou as palmas e outro o seguiu. Mas o ouvido treinado de Fredo identificou vaias sufocadas no aplauso. Terroristas, é claro. Invejosos de seu sucesso. Enquanto a aprovação traduzida na salva de palmas cessava e o burburinho se mantinha ao fundo, ele avaliava o público do teatro Glória: jovens cheios de desejos. Era a massa de candidatos a produzir imagens, desejando fama e fortuna. Mas apenas um ou dois chegariam lá; talvez nenhum.

O mediador abriu para perguntas e um homem, não muito moço, avançou, arrancando o microfone de uma funcionária.

— Alguém precisa explicar o que realmente ocorreu com Marcantônio Bueno. Você sabe, Fredo... Conte...

Um zumbido cresceu, traduzindo expectativas.

— Não posso me antecipar à Justiça — disse Fredo, vacilante.

— Mas deveria... Você era amigo dele, e o único momento real do seu programa foi quando ele o assessorou. Admite isso?

O zum-zum transformou-se em alarido, assovios, vaias.

— Não temam, palavras não ferem o grande produtor, réu confesso de sua responsabilidade — disse o homem, antecipando a resposta do outro. — O seleto público aqui presente certamente não assiste à enxurrada de imundície que todo dia sua tevê joga no ar, Fredo... Somos todos "gente fina" e não gastamos nosso precioso tempo assistindo a shows deprimentes. Só queremos saber a verdade sobre Marcantônio Bueno.

O mediador ergueu o braço e o som foi cortado. A voz do estranho ribombava, mas de repente esfiapou-se.

— A pompa do discurso filho da puta não convence ninguém, Fredo. O que te interessa é o índice de audiência, porque atrai anunciantes e, consequentemente, dinheiro... É só o que te interessa...

Um segurança agarrou o homem por trás e um outro arrancou o microfone de sua mão. Ainda discursava quando o arrastaram pela porta.

O alvoroço ameaçava se voltar contra Fredo. Ele saiu, ouvindo pedidos de desculpas e arrependido de ter aceitado o convite. Não havia diálogo com radicais, pensou, suspirando. Seu jipe Range Rover o aguardava na saída lateral do teatro.

* * *

O homem teria tido uma resposta se tivesse sido menos agressivo, pensou. Os intelectuais, ou pseudocultos, vociferam contra a televisão brasileira, uma das melhores do mundo, refletiu Fredo, que olhava a multidão protegido pelo vidro escuro e blindado do carro. Atingidos em suas sensibilidades e pretensões, se enfurecem. Invejam os altos ganhos de quem trabalha na tevê. Fácil entender. São inconformados por não atingirem o povo com suas obras herméticas. Enquanto abria caminho, buzinando, entre os frustrados que apanhariam o metrô, Fredo se lembrou de Bueno, seu amigo Bueno. Fredo não se sentiria à vontade falando dele no Congresso de Mídia e Política. Quem era aquele imbecil para julgar? Ora, foda-se. Acelerou, tomando a pista livre do Aterro do Flamengo.

* * *

UM ANO E MEIO ANTES...

O segurança, um negro enorme em terno justo, abriu a porta e sorriu. Garotas aguardavam Fredo. Ele acolheu as jovens, desejáveis, anatômicas e expostas em vestidos curtos e justos. Ousada, uma delas aprumou os fartos seios à altura do nariz dele. Outra, menos efusiva, estendeu um papel dobrado.

— O Fernando mandou entregar pro senhor.

Fredo apanhou o bilhete e, desvencilhando-se delas, seguiu para o elevador. Elas foram atrás dele.

"Fredo, a Sílvia e a Cimara são atrizes talentosas. Topam TUDO por uma oportunidade. Se puder dar uma força, elas gostariam de participar do *Rio Sampa Show*. Obrigado pelo que puder fazer. Fernando", dizia o bilhete do chefe da tevê em Brasília, seu camarada. A porta se abriu e Fredo avançou. As meninas estancaram, expectantes.

— Entrem.

Obedeceram, sorrindo.

* * *

Quatro horas no relógio digital. As luzes da lagoa Rodrigo de Freitas pontilhando as margens recortavam o horizonte. A paisagem do vigésimo andar revelava ícones cariocas: Corcovado,

Pedra da Gávea e, entre fiapos de nuvens, o Dois Irmãos, montanha preferida de Fredo. Acordar às quatro horas da manhã significava não retomar o sono. Ergueu-se, devagar. Sílvia e Cimara dormiam, nuas e abraçadas, sobre lençóis de cetim azul. O apartamento de Fredo ocupava 400 metros quadrados, divididos em apenas seis ambientes. Copiava a residência de um amigo gringo, em Nova York.

Servido de scotch sem gelo, estendeu-se no sofá predileto: um divã de psicanalista de couro negro. Bebericou brindando a si próprio. Sentia-se bem. O *Rio Sampa Show*, seu programa de variedades, atingia ótimos índices de audiência. Os números o alçavam ao segundo posto da emissora. A única atração do canal que alcançava níveis de confronto com as grandes redes. Ele fora sondado pela rede Globo, mas, para mantê-lo "em casa", o dono da tevê, Jesus Bianco, cedeu a Fredo a direção de programação e um salário de seis dígitos. Alçou-se a um "rei num pequeno quintal", como sugeriu Norma, a ex-mulher. Ela conhecia os meandros da empresa, casara-se com Plínio Bianco, primogênito de Jesus Bianco. Fredo a conheceu mal ela completara 60 anos de vida e cinquenta de carreira. A dama do teatro e estrela de novelas de sucesso era viúva do herdeiro da rede. O saudoso Plínio não controlou a derrapagem num rally de montanha. Sem a beleza de duas décadas antes, Norma conduzia um talk show de baixa audiência. Fredo, assistente de produção, a enlaçou durante a comemoração de fim de ano. Norma se encantou pelos seus 38 anos. Amaram-se durante dois dias numa suíte do Caesar Park. Exausta e nua, ela ouviu a leitura entusiasmada do roteiro do *Rio Sampa Show*. Fredo quis encerrar a relação logo que o programa estreou. "Quem abre aqui sou eu", informou Norma, mas um ano depois se encantou de um jovem ator, com talento ainda encoberto, e solicitou que o marido saísse da casa dela na Barra.

Fredo aprendeu muito com Norma; não somente a deixar claro quem manda, mas também a perceber por quem se é mandado.

* * *

Fredo, Sílvia e Cimara tomaram o café da manhã apreciando a vista da lagoa. As moças dividiam os carinhos dele, felizes com o que achavam que seria acesso ao restrito mundo da televisão. Fredo falou no celular com gente famosa, deu ordens aos diretores e mandou reservar lugar para ambas no programa. Gravariam naquele mesmo dia.

— Ok. Estão dentro, meninas. Daqui pra frente é com o talento de vocês.

Ambas o acariciaram, agradecidas. Ele apalpou, igualmente, as nádegas das duas. Aprendera a evitar envolvimentos namorando sempre aos pares. Um diretor de novelas ensinara o truque.

Fredo as deixou no pátio da sede da emissora, onde se aglutinavam os aspirantes e participantes do *Rio Sampa Show*. Vistas na companhia dele, as moças provocaram sentimentos que iam da inveja ao nojo.

O programa ia ao ar às quartas. A produção exigia logística complexa, parte no Rio de Janeiro e outro tanto em São Paulo. As maiores cidades brasileiras competiam em atrações temáticas semelhantes. O último bloco, sempre ao vivo, apresentado pelo próprio Fredo, anunciava o vencedor. Era um achado para os dois maiores mercados publicitários do país.

Fredo desceu para o estúdio-teatro às 11 horas da manhã. As torcidas se organizavam por área e temas. Cimara e Sílvia seriam as Garotas do Show, quadro confrontando beleza e agilidade. Estava previsto ainda o quadro Carioca Tradicional, em que o apresentador Miéle mostraria seus lugares prediletos no Rio. Um anão concorreria como o menor morador da cidade. Fredo anunciava as sessões e pedia votos aos telespectadores.

Nas últimas semanas, o programa continuamente empatava em audiência com *Um Socorro Já*, atração sensacionalista dos rivais. Eles ameaçavam a liderança do horário, conquistada havia três anos.

As palmas ritmadas explodiram. Fredo ergueu os braços, silenciando o auditório. Repetiu as palavras iniciais de sempre, cumprimentou o Brasil, reiterou ser paulista de nascimento e carioca de adoção, riossampa de coração. Pediu ligações aos espectadores e apontou o painel. Iniciou com as imagens da mãe carioca, 19 filhos, 35 anos. Seria suplantada?

* * *

Fredo era caso raro de apresentador e dirigente que tinha dado certo. Trabalhava até quinze horas por dia, respirava televisão. Sentia prazer nisso. O fone em seu ouvido anunciava índices subindo e descendo. A meta dos 40 pontos ultimamente se dividia com *Um Socorro Já*, em que jogadores deficientes usavam cestas de basquete de 1,30 metro. A média do *Rio Sampa Show* caíra para 22, e não mais se recuperara. Ainda era muito bom para o horário e o canal, mas dava saudades da liderança absoluta de apenas poucos meses antes.

Fredo apresentou Cimara e Sílvia. Elas sorriam muito; lembravam-se, talvez, da noite anterior? Ele não se lembrava de nada. Sorriso máscara. O coração pulsava índices que subiam e desciam, dois cá, dois lá.

— Atenção, Rio, atenção São Paulo, atenção, Brasil... — pediu, braço sobre Sílvia. — Queremos saber se há em Sampa uma garota que mexe os cabelos assim...

Sílvia balançou os longos anéis louros, dentes à mostra.

***

Fredo perdia, em média, 2 quilos por show. Camisas encharcadas eram substituídas nos intervalos. Hidratava-se ingerindo litros de água de coco. O cerco dos puxa-sacos era constante, cumprimentavam, adulavam, as fêmeas o beijavam. Mas só os índices lhe comoviam. *Um Socorro Já* avançou 2 pontos na semana. Após o banho, ele se trancou. Não queria desatenção. Necessário se fazia reagir. Esticado na poltrona, olhou os morros distantes, e além deles, o mar. Fosse um pássaro, ele fugiria voando sobre as ondas, sentindo o frescor e a espuma em suas asas. A maçaneta da porta trancada girou. Bateram forte. Poucos ousariam. Em verdade, apenas duas pessoas. Uma estava no exterior. Insistiram. Fredo se ergueu e liberou a tranca. Antenor, o herdeiro gorducho e calvo, que exalava perfume adocicado, acompanhado de outro, também arredondado e vermelho, cabelos louros e olhos muito azuis, entrou.

— Esse é o Sueco. Chama-se Gilles, mas é o Sueco, não é mesmo? — perguntou o herdeira Gilles.

Acomodou-se numa poltrona.

— Pode sentar que paga o mesmo. O assunto é sério.

O tal Sueco se sentou.

— Café? — ofereceu Fredo.

— Obrigado. Ou tomamos providências ou nem vai sobrar pro cafezinho.

— Hoje perdemos — admitiu Fredo, apanhando um charuto na gaveta.

— São surras sucessivas. Os anunciantes já estão dividindo as verbas. Dez milhões voaram no último mês.

O Sueco fez careta. Fredo olhou o charuto, acabrunhado. Antenor continuou:

— A pergunta é: o que acontece? O que mudar? O quê? E a resposta é... Fala, Gilles.

— Bem...

— Importante — interrompeu Antenor: — Gilles é consultor de televisão em Los Angeles, especialista em levantar programas brochas. Apesar da aparência, nasceu em Ipanema, vive nos Estados Unidos.

— Papai era cônsul — sorriu o Sueco, depois fez outra careta antes de falar. — Bem... há um claro esgotamento no *Rio Sampa Show*...

Fredo vivia a experiência dos afogados: o show desfilava quadro a quadro. Era sobre sua vida que o tal consultor dizia: acabou o gás, retire-se.

— Reset! Tem que rever o formato. O nome é bom, algumas atrações, ok, mas precisa mexer no núcleo — continuou o Sueco, frio.

Fredo suava no ambiente refrigerado a 18 graus. Tremores internos disparavam arrepios.

— Recomendo uma atração nova, forte. Negócio transnacional, de apelo certo. Na feira de televisão de Boston surgiu coisa, dá pra escolher — continuou o Sueco.

Fredo saiu para o banheiro anexo. Vomitou o café da manhã, jogou água no rosto e retornou, de cara lavada.

— Tá se cagando de medo? Não é pra menos. — Antenor levantou-se, arrumou a camisa. — Pode cagar à vontade, mas vê se recupera a audiência... Trabalhem. Marquei hora na hípica.

Sorriu e saiu. Fredo e Sueco ficaram mudos, confrontados.

— Preciso de tempo. Uma hora. Ok? Vamos trabalhar dentro de uma hora, certo? — Abriu a porta para o Sueco, depois deitou no sofá e fechou os olhos. Cada homem, seu inferno.

* * *

Pagassem para mandá-lo embora e viveria em padrão excelente, em qualquer lugar do mundo. Mas se viciara no poder. Dependia das benesses do cargo. Facilidade junto às mulheres não era a menor delas, mas também adorava centralizar. Havia a fama, pessoas cochichando no restaurante. Tinha sido aplaudido na rua. Autografava diários de adolescentes com a mesma seriedade com que falava em congressos. Os ataques que sofria eram raros. Certo crítico o classificara de "vampiro das almas riossampenses". Mas nada o abatia. O povo ao lado, a audiência... Imaginava o pai de família, avisando: "Tá na hora do programa do Fredo, põe lá no canal." Um rei em xeque. Antenor arranjara o gringo. Ele diria como resolver seus problemas? Ia encarar a fera. Ganharia o Sueco para o seu lado. Bebeu um uísque puro, respirou fundo e pediu à secretária que chamasse Gilles.

* * *

Almoçaram no gabinete. Comida do Antiquarius, seu restaurante preferido no Rio. Deu aula de Brasil ao Sueco. A rixa entre as cidades, essência do programa. O caráter urbano do paulista e o cosmopolitismo do carioca. Observação do alto de sua dupla cidadania. O gringo ouviu, sorriu, enquanto comia o arroz de pato, que Fredo havia sugerido.

— Estamos vivendo outro *time* — disse o Sueco, aproveitando a pausa de Fredo ao acender um Marlboro. — Não há conflitos regionais que superem o global. Incorpore o mundo ao programa. Vai doer no início, mas é a única salvação. Sei como se sente. Meu trabalho é mexer no filho dos outros, Fredo. Faço isso em todo o planeta. Duas semanas atrás liquidei um programa no México. Fazia sucesso havia dez anos. Saiu do ar. Não é o seu caso. — Sorriu. — O *Rio Sampa Show* vai continuar.

Fredo conteve-se. Confessaria seu irônico alívio em saber que não estava com os dias contados?

— Precisamos de fatores multiculturais no programa — continuou o Sueco. — Ele tem que ser produto de exportação. É inadmissível a exclusividade nacional.

Fredo percebia a ameaça em cada frase.

— Relaxa, Fredo. É o momento da reflexão. Analiso cinquenta edições do programa e apresento meu relatório na próxima semana. O almoço estava ótimo. Mas estou há vinte dias no Rio e me levaram para comer no Antiquarius cinco vezes. É o único?

— Pensei que você fosse carioca?

— Vivi em Ipanema até os 14 anos. Não frequentava restaurante caro. Papai era sovina. Bom-dia.

O Sueco saiu porta afora, deixando Fredo na maca de seus pensamentos, prestes a sucumbir diante das ameaças.

***

Dividir poder soava impensável. Criara cuidadosamente o espetáculo semanal, as atrações, a saudável competição, o orgulho da cidadania... Todas as classes sociais se interessavam pelos resultados do confronto. Com essas considerações na cabeça, ouviu a voz da secretária anunciando Antenor ao telefone.

— Então, o Sueco não é a salvação?

— Sinceramente? Não. As correções necessárias só podem ser feitas por quem conhece profundamente o problema.

— Ora, Fredo. Muitas vezes, casados há anos com a mesma mulher, precisamos de um estranho avisando que ela é um dragão, não é não?

A observação era típica de Antenor: rude, inoportuna, de humor duvidoso.

— Eu só preciso de mais um mês para virar esse placar, Antenor.

— Um mês? Um mês de perdas é o que pagamos a você por um ano de trabalho, Fredo. É preciso mudar radicalmente, e agora. Apresente mudanças significativas, impactantes. Essa é a melhor resposta que você pode dar ao Sueco. Você sabe quanto estamos pagando pela consultoria dele? Chuta.

— Não faço ideia.

— Chuta.

— Espero que valha o que vai receber.

— É. Foi bom você não tentar acertar. É muito acima do que pode supor.

— Vou apresentar um pacote de medidas até amanhã — disse Fredo, tentando interromper a conversa incômoda.

— Faça isso. Lute por seu espaço, Fredo. Torço pra que você consiga — disse o filho do dono, despejando as frases em espasmos que identificavam o estado de ânimo perverso. Ao desligar, Fredo viu-se, de súbito, indefeso. Um garoto do Belenzinho.

***

Há cinco anos Joana Azevedo sabia tudo de sua vida, fazia o possível para que sofresse o mínimo com o assédio de fãs, mulheres e caçadores de oportunidades com ideias geniais. Sua mailbox era entupida de mensagens, ofertas e propostas. Joana "peneirava", identificando o material interessante. É claro, não era indiferente à crise que Fredo vivia. Seu abatimento a fez interferir de modo não usual, perguntando:

— Precisa de alguma coisa? Posso fazer alguma coisa?

— Estou precisando de *Um Socorro Já* — brincou Fredo.

— O senso de humor é privilégio dos valentes — rebateu a secretária, sorrindo.

— Novidades?

— Celine ligou de Jacarta, embarcando pra Hong Kong. Queria falar. Como você não tinha liberado ninguém... Ela levantou a desconfiança de que estivesse em companhia imprópria...

— ...fazendo coisas impróprias... Além da minha mãe, que Deus a tenha, você é a única mulher que só me presta benefícios. Ela foi pra Hong Kong?

— E pediu um DOC de 5 mil. Estourou o cartão de novo.

— Manda. Mais alguma coisa?

— Os cercos de sempre. Ludmila ameaça processá-lo, se não receber atenção. O ministro Sartori convida para um churrasco de confraternização à sua candidatura à presidência...

— Ele vai mesmo tentar a presidência?

— Parece que sim.

— Quando é o rega-bofe?

— Amanhã, nove da noite, no clube Camboinhas.

— Diz que eu vou dar uma passada.

— Um tal *mister* Wilson enviou esse envelope.

Joana estendeu um pacote pardo, de formato ofício, com o nome de Fredo escrito à mão e sublinhado.

— A secretária dele ligou para saber se o material tinha chegado.

— De onde é?

— Uma produtora de tevê inglesa.

— O que pode ser?

Joana fez bico com os lábios, enquanto Fredo abria a encomenda. Havia um DVD e um pequeno livro.

— Roda aí. Estou com pouca disposição para analisar qualquer coisa sozinho hoje.

Joana inseriu o disco. Era um folder digital. *SpyCam System a reality show*. Após algumas imagens, Fredo levou o material para a sua sala disposto a estudar qualquer oportunidade.

***

O SpyCam consistia em microcâmeras espionando vidas sem conhecimento dos investigados. Estes eram convidados a assistir, ao vivo, às imagens gravadas. Cada cena era incentivada por quantias em dinheiro. O valor aumentava quanto mais a intimidade era devassada. No caso de personalidades, não havia prêmio, mas uma espécie de chantagem. Ao dependerem de público para suas atividades, os famosos permitiam a autoexposição até o seu limite. No DVD havia cenas de políticos flagrados em declarações difíceis, mas pior era não as assumir. O SpyCam era uma máquina de coação investida de aparato tecnológico contemporâneo. Não foi difícil Fredo imaginar tal engenhoca num país como o Brasil. O entusiasmo o fez percorrer círculos na sala socando o ar, boxer nocauteando o Sueco e Antenor e todas as ameaças à sua liderança. Ligou para Londres. O fuso horário apanhou o produtor do SpyCam a caminho do trabalho. Aguardou, em estado de tensão positiva e criadora. Contou de supetão a Tom, seu produtor executivo, a novidade. O Sueco procurara

Tom sugerindo mudanças. Amaldiçoou o gringo e ligou novamente para o britânico. *Mister* Wilson na linha. Fredo, de inglês sofrível, sabia o que queria. Wilson negou-se a falar em valores. Temeu assustar o cliente. Fredo forçou a decisão: 60 mil libras por minuto de imagens editado. A adrenalina se espalhou por seu corpo e sua mão apertou o fone. Um Paulo Maluf espionado valeria o investimento. Poderia disputar audiência até com a rede Globo, o que não dizer de *Um Socorro Já*. — *Come back now* — disse Fredo.

— *What?*

— *Just a moment*. Tom, diz pra esse inglês vir pra cá imediatamente.

Tom explicou a Wilson a gravidade do momento. Debateram custos da viagem, com que Fredo concordou em arcar. Wilson se comprometeu a enviar um representante: *mister* Menezes, executivo tão culto que fala português. Souberam, mais tarde, que Menezes falava portunhol.

— Ele viaja logo que receber a passagem — disse Tom, com as referências do tal Menezes na mão.

— Envie imediatamente. Sigilo A — informou Fredo, que usava um recurso de proteção às informações com a escala ABC. — Outra coisa: consiga uma lista dos melhores restaurantes da cidade, além do Antiquarius.

***

Celine ligou para o celular dele. Fredo estava entrando em casa, e a voz, macia e levemente nasalada, lhe provocou um início de ereção.

— Você devia estar aqui, amor...

— Não tive a sorte de nascer mulher bonita. Então preciso trabalhar — zombou.

— Só falta você.

— Acredito.

— Você conhece Hong Kong?

— Estive aí, 48 horas antes de Pequim.

— Gostou?

— Oriental demais pro meu gosto.

— Vem pra cá.

— Não posso sair. As coisas estão pegando fogo aqui.

— O que houve?

— Não dá pra falar por telefone. Tenho medo dos grampos — disse Fredo. — Volta — disparou, para arrepender-se de imediato.

Celine ficou em silêncio.

— Certo. Desculpa. É a saudade...

— Tá desculpado. Fico até o fim do mês. Você...

— Mandei o dinheiro, quitei o American Card... Fica à vontade.

— Te amo.

— Eu também — disse Fredo. Calaram-se.

— Tchau — ela disse, e desligou.

Celine, *top of mind* de mulher perfeita: rósea, acetinada, pueril, culta e fútil. A família abastada e decadente a acostumara a viver como mandavam seus desejos. Este último traço agradava especialmente a Fredo, que recebera criação modesta.

Despiu-se caminhando pela sala. A lagoa anoitecendo aos seus pés. Tomou a ducha fria lembrando-se da última vez em que ela se submetera a ele, naquele banheiro. Era a prova viva de seu privilégio.

***

Esticado na cama larga, Fredo assistiu à gravação de *Um Socorro Já*. Analisava cuidadosamente o produto do concorrente. Avaliara-o junto a sua equipe, mas queria rever cada lance. O conceito: ajudar os humildes "faturando" seus dramas como espetáculo popular. Atores desconhecidos representam cenas de alta carga emocional. E o apresentador, Neil José? Fiapo de homem, esquálido e obsceno, de sorriso zombeteiro. E o segredo? Do que gostavam nele? O rosto, miúdo e triangular como fuinha, só não era digno de pena por sua malícia impertinente. O que o fazia popular? Uma empresa de pesquisas havia sido contratada para compreender Neil José. Perguntaram ao povo quem lhes parecia que fosse o personagem, que traços sua personalidade irradiava? O retrato surgido das planilhas surpreendeu. Neil se traduzia em opiniões sinceras e busca da verdade junto ao público que o prestigiava. A humilhação a que submetia os miseráveis era considerada legítima. A ajuda a essas pessoas era paga com a exposição de suas desgraças. Neil enchia a tela com seu rosto vincado. Anunciou crime passional pronunciando lentamente a palavra chave da atração seguinte: um "cachorrocídio" ocorrera no morro dos Prazeres. Caso de aparente zoofilia. "O tal Zico do Vintém, num acesso de cólera ciumenta, trucidou Valtinho, cruzamento de cão vira-lata e pastor alemão, que mantinha intimidades com sua amásia, Rosimara. O bicho, muito querido na favela, trabalhava, ao contrário de Zico." A voz de Neil entrou em off sobre imagens de cães vadios correndo pelas sarjetas do morro. "Valtinho era cão de guarda de Rosimara, que o mantinha ao lado da cama. O depoimento de Zico nós vamos conhecer agora." O palco ao fundo do cenário se abriu para um negro gordo entrar. Logo depois a morena, de largas ancas. "Estamos aqui com o autor do 'cachorrocídio', Zico do Vintém, e com o pivô do crime, Rosimara. Eles vão contar como aconteceu a tragédia." O espetáculo pareceu lastimável a Fredo, para quem a comparação do concorrente com o seu *Rio Sampa* opunha grafites pichados nos muros aos afrescos da capela Sistina. "Ela não largava desse cachorro dia e noite, aí desconfiei e flagrei os dois..." Várias cabeças de cão de diversas raças entraram em fusão na tela. O efeito era engraçado. "Com qual desses o amante se parece, Rosimara?" Inquiriu Neil, voz trêmula de excitação. "Por que com o cão, Rosimara? Zico do Vintém não dá mais no couro?" Fredo tentou se imaginar apresentando o quadro. "Essa piranha é insaciável", acusou Zico. "Insaciável é a...", ia devolvendo Rosimara. "Opa, nada de palavras de baixo calão", interrompeu Neil, sorridente. "Nosso programa é o mais familiar da televisão brasileira." Fredo desligou a tevê. Crescia a certeza de que o SpyCam o reconduziria ao pódio, reservando ao *Um Socorro Já* as sobras da audiência. Foi até o bar e serviu-se, fartamente. O uísque desceu como uma bênção.

***

Tom ligou informando a chegada de Menezes logo mais. Ia puxando conversa, mas Fredo pediu tempo. Tinara, a diarista, limpava a farra da noite anterior. Fredo foi até a porta e pôs a cabeça para dentro da cozinha.

— Bom-dia. Café puro, torrada e suco de melão.

Apanhou os jornais sobre a mesa. Crises — econômicas, políticas e de segurança pública — eram manchetes. Fredo, porém, só percebia sua crise pessoal. Abriu os cadernos de notícias sobre tevê: entrevista com Neil José. Meia página com o sujeitinho arrotando superioridade. Dominaria o horário. Questão de tempo para a liderança absoluta. Fredo jogou o sorriso feliz de Neil sobre o estofado e mirou a esplêndida lagoa. Farrapos de nuvens adornavam o céu. Voltou a recorrente fantasia de voar, voar sobre a calma superfície das águas.

Aterrou nas ondas sonoras do telefone. Joana marcando reunião do conselho da tevê para dentro em pouco. Tinara, com o suco, o encontrou olhando o nada.

***

Antenor, Fredo, Mariana Luiz, esposa de Antenor e vice-presidente do grupo, e Salomão Weiss, diretor comercial, eram o conselho de tevê. As decisões principais eram de Fredo, mas ele as conduzia de forma a aparentar concordância das partes. O Sueco chegou, carregando um calhamaço de papéis. Havia a suposição de que a cabeça de Fredo beirasse o cepo. O programa, carro-chefe da emissora, que na maioria dos horários não atingia nem traço, era de Fredo, apresentador exclusivo por contrato. Se o programa tinha êxito, ele era o responsável; se ia mal, também cobravam dele. Mariana Luiz arriscava-se em confrontos. Ambicionava poder. Fredo era obstáculo a essa pretensão.

— A pauta da reunião é a situação do *Rio Sampa* — começou Antenor. — Precisamos reverter a queda. Para isso vamos apreciar a intervenção de Gilles, consultor internacional de televisão que está conosco. Passo a ele a palavra.

Todos se voltaram. O Sueco ocupara a cabeceira oposta na longa mesa.

— Bem, venho estudando o programa e seu principal concorrente há apenas três dias, mas, diante da urgência de uma reação aos baixos níveis de audiência, apresento as primeiras impressões...

Fredo fervia em considerações, mas resolveu guardar seu trunfo.

— Assisti às vinte últimas edições de todos os ocupantes do horário, com suas faixas de audiência. *Um Socorro Já* está em média 8 pontos à nossa frente. Esse público é roubado em parte do *Rio Sampa* e em parte do pastor Agenorberto, da nova rede. Há uma fuga no horário para as televisões a cabo, que são relativamente novas no Brasil. Podemos então afirmar, com alguma certeza, que buscamos uma audiência não qualificada. Em outras palavras, houve migração de parte da audiência do *Rio Sampa Show* para os canais fechados, sem que a expectativa dos públicos C e D viesse a preencher esse espaço. Resumindo mais ainda: nossa busca de novos espectadores deve ser nesses segmentos. As atrações do *Rio Sampa* devem ser mais populares — completou o Sueco.

— Bem, com as indicações iniciais determinadas podemos ver o que fazer — disse Antenor.

— A palavra é sua, Fredo.

As horas seguintes da reunião eram exercícios de Fredo em nada dizer como se tivesse entendido tudo e fosse tentar mais. Mariana Luiz sugeriu dividir a apresentação do programa com uma mulher. Sua escolhida seria Loretta Manson, atriz e socialite de sua confiança. O próprio Antenor rebateu a sugestão questionando sobre a penetração de tal pessoa nas classes C e D. Não recebeu resposta convincente.

***

Tom apresentou as atrações filtradas para o novo perfil de público.

— Tem um paulista que desafia qualquer carioca a se lançar do ponto mais alto da cidade — informou Tom.

— É o tal bungee jump?

— Mais ou menos. Uma adaptação dele. Não sei se conseguiríamos licença para fazer isso aqui.

— O que mais?

— Duas velhas encontraram em seus baús poesias inéditas de Bilac saudando o Rio de Janeiro.

— Muito erudito.

— Um homem que come 25 cocos verdes em 10 minutos.

— Esse é bom. O que mais?

— Baloeiros querem saudar a cidade. Mostraríamos todas as etapas de construção de um balão com 20 metros de altura.

— Isso não é ilegal?

— Não é recomendável devido aos incêndios. Mas tem um imenso público na zona norte. O povo que queremos atingir.

— Deixa em stand-by. O que mais?

O programa foi recheado de atrações apelativas. Não falaram do SpyCam. Tom aguardou Fredo lembrar o encontro.

— E Menezes? Você busca no Galeão? Leva ele para o Copa, para descansar. Passo lá às 11. Se for notívago damos uma saída. Hoje tenho que dar um pulo no churrasco do Sartori — disse Fredo, lembrando-se do presidenciável.

— Combinado. Quer umas meninas para a noite com o gringo?

— Pode ser. Vamos arrepiar o inglês. Pode ajudar na negociação.

Fredo subiu para o almoço na cobertura do prédio. Fez a refeição sozinho. Os graúdos estavam fora e os miúdos não ousavam se aproximar.

***

Fredo andava sem seguranças. Uma temeridade, na opinião de Antenor, que circulava fortemente escoltado. Fredo dirigia ele mesmo seus automóveis. Chegou ao churrasco de Sartori ao volante de um Jaguar de 100 mil dólares. Entregou a chave ao manobrista com o coração apertado. Tinha ciúmes de suas máquinas.

Sartori era senador, ex-ministro de governo da situação e candidato a presidente no ano seguinte. Precisava do apoio da mídia. Conhecera Fredo ao participar do *Rio Sampa*, como maior autoridade carioca. Dera a vitória ao Rio de Janeiro. Sua pasta tinha mais verba que a do ministro paulista. O presidente também era do Rio, mas se recusou a fazer o programa temendo desagradar aos paulistas.

Sartori saiu do grupo que o cercava para receber Fredo. Abraçaram-se. Foram fotografados juntos e Sartori pediu que Fredo recebesse seu assessor de mídia nos próximos dias.

***

Fredo contemplou a Lua sobre a avenida Niemeyer, pensando em Celine. Ligou do celular, sem êxito. Uma fisgada de ciúme amargou seu espírito, tentou afastar a ideia de que, naquele momento, do outro lado do mundo, um oriental fungasse e babasse sobre sua amada. A ideia era ridícula, mas não conseguia afastá-la. Estacionou em frente ao hotel Copacabana Palace. Tom e Menezes bebiam no bar da Pérgula. O gringo chupava caipirinha de um canudinho. Fredo custava a entender que alguém pudesse gostar de cachaça. Menezes caiu em sua avaliação, antes de trocarem qualquer palavra.

— Alô, *mister* Menezes. *Welcome to Brazil* — disse Fredo, apertando a mão do grandalhão.

— Alô, *señor* Fredo, *I presume. Tiengo mucho plazer en hablar consigo* — respondeu Menezes.

Era um típico inglês, exceto pelo nome. Tom informou que Menezes era filho de espanhóis e tivera educação bilíngue.

Fredo pediu scotch.

— Quanto tempo de implantação? Essa é a primeira e a última pergunta, *mister* Menezes. Depois vamos conhecer *las muchachas* brasileiras.

Tom traduziu o termo *implantação*, explicando ser condição básica para fecharem negócio. Era necessário um reset imediato.

— *Se tenemos lo target, no más que two weeks* — respondeu o inglês, chupando o canudinho.

— Vamos definir o alvo amanhã. Onde estão as garotas, Tom? Esse é um dos maiores cafetões do Brasil, sabia?

Tom tentou explicar o que era cafetão a Menezes, enquanto saíam. O inglês elogiou o Jaguar. Fredo saíra, por acaso, com um veículo da nacionalidade de seu convidado.

***

Menezes chegou cedo ao apartamento de Fredo. Lá, encantou-se com a paisagem. Tom depois juraria que o viu de boca aberta diante do conjunto de morros em torno do espelho d'água que era a lagoa Rodrigo de Freitas. Tinara trouxe um farto café da manhã e, finalmente, sentaram para falar de negócios.

— *La estructura es micro.*

Menezes explicou a necessidade de escolher alguém, gravar seus movimentos durante uma semana, editar o material e exibir na presença do *target*, ou alvo, como chamava o escolhido.

O jogo estabelecido entre apresentador e alvo era na ordem dos interesses de cada um. As cenas seriam mostradas em troca de recompensa financeira ou, no caso de políticos e outras personalidades públicas, simplesmente credibilidade. Era aconselhável ter advogados a postos, pois os alvos costumavam processar a emissora, esclareceu Menezes. Ele treinaria a equipe na colocação e utilização das câmeras e faria os primeiros três programas cobrando em torno de 60 mil libras por minuto editado, uns 100 mil dólares americanos. Cada programa deveria ter 5 minutos de cenas "quentes". O resto era material jornalístico em torno da ação.

Fredo conseguia imaginar a bomba que representava o quadro. O custo extraordinário tinha que ser aprovado pelo Conselho da televisão. Como a ideia vinha dele, haveria resistência. Era necessário comprovar a eficácia do projeto antes de assinar contrato.

— Precisamos fazer um teste, *mister* Menezes — disse Fredo, encarando a paisagem, de costas para o gringo. Não houve comentário em resposta à observação. — Para a empresa aceitar pagar essa grana preta, tenho que provar que funciona. Será que não estaria em seus planos uma demonstração gratuita, *mister* Menezes? — perguntou, voltando-se e sentando-se em frente ao anglo-espanhol. O homem continuou calado, mas apertou os lábios. — Vejo que a ideia não é bem aceita. Faço uma proposta. Pago do meu bolso 200 mil dólares por um teste. Pode ser mais curto, desde que fique provado que ganhamos a audiência. Que tal?

O silêncio dominou o ambiente por longos instantes.

— *Ten minutes por los 200 mil* — disse Menezes olhando para o tapete persa como se tentasse equacionar a proposta.

— Fechado — disse Fredo, estendendo-lhe a mão.

O inglês levantou a cabeça; trocou um aperto de mãos com Fredo e, depois, com o diretor de programação. Sorria com os olhos vermelhos de ressaca das caipirinhas da noite anterior.

***

Fredo e Tom cumpriram dupla tarefa nos dias que se seguiram: diretrizes do Sueco na popularização do programa e busca do alvo para Menezes realizar o teste. Era necessário um nome de grande impacto público, ou um anônimo cujas ações mobilizassem os espectadores. O perfil do alvo deveria ter ligação com uma das cidades, de preferência com ambas.

No outro extremo, o Sueco sugerira um concurso de beleza popular, só com domésticas das duas cidades. As famílias torceriam por suas empregadas, aumentando a audiência. Fredo fingiu gostar da ideia e ordenou à equipe que preparasse o quadro. Os dias se passavam sem que surgisse um alvo adequado.

— Podemos simular o quadro com atores, ou pessoas sabendo que estão sendo filmadas. Vão fazer qualquer coisa por dinheiro — sugeriu Fredo.

Ao ouvir a ideia, Menezes, indignado, cuspiu impropérios, que Fredo não entendeu. Tom, com seu bom inglês por ter morado dois anos na Flórida, traduziu a indignação do homem.

— Ele alega que a essência do programa é a surpresa — acrescentou. — Senão, seria fácil. Não tem como simular a surpresa de se ver flagrado roubando, por exemplo. Tem que ser pra valer.

— Ok — resignou-se Fredo. — Rendo-me à voz da experiência. Mas achem logo um alvo, antes que seja tarde.

Já era madrugada quando a reunião se encerrou.

***

Faltando 72 horas para a gravação do programa, Fredo não conseguia dormir. Era preciso impedir uma nova derrota, virar o jogo. Teve o *insight* no banheiro: Nilo Guimarães era a pessoa, o alvo. Ligou para Tom e Menezes, distribuiu as coordenadas. Na manhã seguinte, começaria o cerco.

Nilo Guimarães fizera fortuna com golpes à bolsa de valores, na década de 1980. Mas dilapidara o butim. Vivia, agora, de achaques. Conhecia os ricos e os "mordia", aqui e ali. O próprio Fredo já contribuíra. (Nada mais justo que o playboy falido cooperasse.) Nilo ganharia uma nota preta se topasse fazer parte do jogo. Qualquer noite sua, registrada pelas microcâmeras, resultaria em um excelente programa.

Fredo estava eufórico. Serviu-se de champanhe Veuve Clicquot, em taça longa, e ligou para o hotel Marjar, em Casablanca. Pediu, trêmulo, o quarto 2.602. Um, dois, três, quatro toques, e finalmente a tenra voz de Celine.

— Estou desesperado de saudades.

— Eu também, meu amado. Embarco amanhã pra Roma, e sábado estou aí.

— Mesmo?

— Mesmo. Contente?

— Claro. Demais.

— Vai me buscar, e leva um caminhão pra bagagem extra.

— Estou tomando o nosso champanhe. Se você estivesse aqui...

— Comemorando? Você não é de champanhe...

— A ideia. Estou comemorando a ideia.

— É mesmo? Qual?

— É complicado demais... te conto no sábado.

Calaram-se.

— Certo. Até sábado, meu bem... Dorme com os anjos — sussurrou Celine.

— Calma. Porque a pressa?

— Telefonema internacional.

— Esquece. Como é o ditado? Dinheiro é a vaselina do nosso prazer.

Celine riu.

— O que você está vestindo? — perguntou ele.

— Vestindo? Estou no quarto. Está quente.

— Está nua?

— Quase.

— De calcinha?

— Com um corpete.

— Corpete?

— É. Aquela peça que pega do busto até as ancas.

— Sei. Que cor?

— É rosa clarinho... Bem clarinho... Comprei na China. De seda. Custou 3 mil dólares.

— Tira ele.

— Tirar?

— É. Tira.

— Pra quê? Fazer sexo por telefone?

— Nunca fizemos. Tirou?

— Só um pouquinho... Ai...

— Que foi?

— Nada. Dei um mau jeito na hora de tirar. Pronto.

— Tirou? Está pelada?

— Estou só de calcinha... É rosinha também.

— Tira.

— Vou precisar deitar... — suspirou Celine. — Pronto. Estou pelada.

— Te beijo agora... Toda. Começo pela sola dos pés... Esses seus pezinhos de gueixa... Enfio a língua entre os seus dedinhos.

— Ai.

— Que foi?

— Faz cócegas. Do que você está rindo?

— Do seu realismo. Beijo teu ombro, teus olhos.

— Devagar. Como é que você vai dos pés ao ombro num único movimento, bobinho?...

— Beijo teus seios pequenos... Tuas perinhas.

— Ai, ai...

— Cócegas?

— Não. Arrepios de tesão... Continua, não para.

— Não resisto mais e te penetro... Celine, estou de pau duro aqui.

— Ai... ai... Não para.

— Vamos gozar juntos, Celine... Vamos, agora...

— Vamos... ai, como você é gostoso... ai.....

— Pronto, amor. Fizemos por telefone, pela primeira vez....

O silêncio era quebrado apenas pela respiração ofegante de Celine.

— Amor, obrigada — ela disse, ainda com a voz embargada.
— Vou aproveitar o relaxamento pra dormir... Boa-noite, amor.

— Tchau, querida. Até sábado.

Desligaram. Fredo olhou para a mancha de esperma na cueca. Cabeça para trás, sorriu, cheio de confiança em si.

***

Neil José avança. O rosto preenche a tela.

— *Um Socorro Já* pra seu Trajano, jurado de morte no morro da Cruz. É isso mesmo, Brasil. Seu Trajano pode aparecer a qualquer momento jogado numa das ruelas da favela. E isso por quê? Ora, seu Trajano foi homem pra defender a filha de 13 anos de um estupro. Vamos à reportagem.

Visão geral do morro da Cruz. Voz em off de Laura Simão: "É isso mesmo, Neil. A favela aguarda a qualquer momento a execução de seu Trajano. O assassino é conhecido. É Chico Perna Um, assim chamado porque perdeu a perna direita num confronto com bandidos. Chico era da PM. Se aposentou depois de receber um tiro que acabou por lhe render uma gangrena. Desde então ele assombra os moradores, ameaçando qualquer um com a pistola que carrega na cintura ou com o afiado punhal, também sempre enfiado na calça. Chico Perna Um percorre o morro com incrível velocidade, apesar da muleta, que deveria lhe tolher os movimentos. Chico é o diabo. Apanha mantimentos na birosca do seu Trajano sem pagar, e já faz algum tempo."

A câmera focaliza o estabelecimento, meio armazém, meio botequim. Um cliente ali sorri, desdentado.

Laura em off: "Cachaça e carne seca são o que ele mais pega na birosca. Chico usa a muleta como arma e bota pra correr as crianças e os adultos que atrapalham seu caminho. Mas não estaríamos sabendo dessa história se, uma semana atrás, Rosileide, filha de seu Trajano, de apenas 13 anos, não tivesse servido uma dose de cachaça para Chico Perna Um."

Quadro da menina sentada de costas num banquinho. Apesar da pouca idade vemos suas coxas grossas, deixadas à mostra pelo vestido curto. "Como é que foi, Rosileide?" Voz trêmula da menina: "Ele agarrou minha perna... tentei fugir... ele agarrou meu braço e me puxou pra perto. Tava fedendo a cachaça. Disse que eu tava pronta..." A menina se cala. "E depois, Rosileide?" A menina continua calada. "O que aconteceu então, Rosileide?" A voz da menina, ainda mais trêmula: "Aí o papai entrou, e eles começaram a brigar."

Corte para Laura Simão, a favela ao fundo. "Seu Trajano pegou o monstro em flagrante e o ameaçou... Mas a resposta foi dura... É com você, Neil..."

No estúdio, Neil está com seu Trajano.

— Ele está aqui, Brasil. Ainda vivo. Não sabemos por quanto tempo. Como é que foi o incidente, seu Trajano?

— Boa-noite, Neil. Foi violento, né? Aquele aleijado tarado em cima da menina. Não tem pai que resista. Fui falar com ele. Aí eu ouvi a ameaça. "Dia desses te quebro", ele falou.

— Te quebro?

— É. Gíria de vagabundo é "te quebro". Quer dizer matar... Tô ameaçado de morte porque defendi minha filha.

Seu Trajano, mão no rosto, soluça.

— É isso aí, Brasil. Quem é que vai prestar socorro para esse cidadão? A polícia vai prender o Chico Perna Um? Como é que vai ser? Estou pedindo para quem de direito: *Um Socorro Já!* Vamos para o intervalo. A gente volta com outras situações que você nunca viu.

A imagem avança. Carros freiam velozmente em frente a restaurantes chiques onde mulheres bonitas sorriem velozmente para homens que puxam velozmente cadeiras enquanto o garçom, velozmente, mostra o cardápio. O Sueco continua adiantando o vídeo até o bloco seguinte.

— O incrível é agora. Esse cara é um gênio — diz o Sueco.

O vídeo volta à rotação natural. Laura Simão anda pela favela, abrindo caminho até o ponto em que a câmera focaliza um corpo no chão. Close na perna solitária, poça de sangue, maçaroca de Chico Perna Um. "O morro da Cruz festeja, aliviado, a morte de Chico. Ninguém mais corre perigo na favela. É com você, Neil."

No estúdio, Neil ao lado de Trajano.

— Infelizmente, Brasil, o problema foi resolvido... infelizmente, eu estou dizendo... E vocês devem estar pensando: por que o Neil José está dizendo isso? Tá com pena do bandido morto? É isso? Não, não é isso, Brasil... Digo infelizmente porque recebemos aqui na emissora um telefonema do Terceiro Comando. Isso mesmo, Brasil. A organização criminosa que explora o tráfico de drogas no morro da Cruz assistiu ao programa *Um Socorro Já* e resolveu atender aos nossos apelos. Fuzilaram o Chico Perna Um. Não foi a polícia que resolveu o problema. Foram os criminosos. Esse é o nosso país. Boa-noite, Brasil.

— Esse cara não é um gênio? — perguntou o Sueco.

Fredo e Antenor concordaram, balançando a cabeça. O apresentador do *Rio Sampa Show* olhou para o gringo de Ipanema, imaginando aonde ele queria chegar.

***

Menezes acionou o stop. Ele, Fredo e Tom haviam assistido às cenas gravadas com Nilo Guimarães. Segundos depois, Fredo começou a rir. Tom o seguiu. Logo estavam os dois gargalhando.

— Como é que você conseguiu aquela cena do banheiro? — comentou Fredo, ainda rindo. — Foi muito engraçada.

— Eu acompanhei o trabalho — interpôs-se Tom. — Câmeras de 10 centímetros, disfarçadas de tudo: cinzeiro, embalagens... Vinte e duas delas, operando 24 horas.

— Mas... e pra colocar na casa do alvo?

— Vale tudo. Subornamos a empregada.

— Aquela que ele espia durante o banho?

— Ela mesma.

— Incrível. *Very good, mister* Menezes — disse Fredo, levantando-se.

— *Gracias*, obrigado.

— Vamos apresentar uma figura clássica do carioca decadente? — disse Fredo, estourando de rir novamente.

— Algo assim — confirmou Tom. — Ele é seu amigo. Seria bom que você convidasse.

— Vou fazer isso.

— Mas nada de revelar sobre as câmeras, ok? — ressaltou Menezes.

— Pra manter a surpresa?

— É. As caras e bocas ao vivo — Tom ressaltou, retirando do drive do DVD o vídeo de 10 minutos que custara 200 mil dólares.

***

Às cinco e meia da manhã, Fredo apreciava o tremeluzente néon da lagoa. O pouco tempo de sono que conseguiu foi povoado de estranhas figuras dançando, se exibindo, buscando estar no foco que acendia e apagava como pisca-pisca. Foi ao bar, mas deteve-se antes de se servir de uísque. Passava da conta. Apanhou suco de lichia na geladeira. Pensou em Celine enquanto se instalava na bicicleta ergométrica.

Às oito horas estava no estúdio. Tom o surpreendeu ensaiando alguns passos, parecia de dança. Sorriu, quando Fredo se viu observado e perdeu a espontaneidade.

— Tudo pela audiência — começou Tom.

— Eu estava buscando a postura certa pra anunciar o SpyCam.

— Fui sondado pelo Sueco. Ele fez a minutagem do programa e descobriu que faltam 15 minutos no roteiro. É justamente a SpyCam. Falei que uma atração especial seria decidida nessa manhã. Fiz bem?

— Fez. Que outra resposta você podia dar? Mas não revela nada mais. Vamos surpreender. Estou pagando muito caro por esse momento.

— Fica tranquilo.

— O resultado de hoje pode triplicar nossas cotas de patrocínio pra próxima semana — disse Fredo antes de sair do estúdio. Uma jovem entrou para ajustar os microfones da mesa. Tom passou por ela e virou-se para cheirar o rastro de seus cabelos negros antes de sair.

**

Ao acender a luz vermelha, o *Rio Sampa Show* atingia entre 17 e 18 pontos de audiência, o que equivalia a uns 12 milhões de espectadores. Fredo começou aquela edição fazendo o que ele chamava de enunciado: descreveu as várias atrações do dia. Ao final, acrescentou:

— Mas hoje temos algo muito especial, tão especial que não anunciamos nas chamadas para não quebrar a grande surpresa. Hoje a televisão brasileira entra em sintonia com o que há de mais avançado no mundo do reality show. Hoje o *Rio Sampa* vai mostrar a vida ao vivo. Trazida diretamente da Inglaterra, onde é sucesso assim como em mais vinte países, teremos o SpyCam: a Câmera Espiã. Roda aí só uma amostrinha.

Na sequência, um homem curvado espia pela fechadura de uma porta. Depois corta para a imagem de uma negra volumosa que se ensaboa. Ouve-se a voz rouca do homem cantando baixinho: "Ensaboa, mulata, ensaboa..." Não se reconhece quem espia, vê-se apenas seu corpo de lado, e o rosto da mulher.

— Está bom como amostra do que vocês vão ver daqui a pouco no nosso *Rio Sampa Show*.

O assistente levantou a placa: 22. Reação imediata da audiência. Reação proporcional em seu corpo: a adrenalina, Fredo sentiu a adrenalina. Ela se espalhava por suas veias.

— O que é isso? Do que se trata? — o Sueco quis saber de Tom.

— É a surpresa, *mister* Gilles.

— Mas eu não vi as negociações com os ingleses.

— Talvez porque elas ainda não tenham ocorrido. Tudo é ainda um teste.

Fredo saiu do estúdio. Bentinha, sua assistente pessoal, secou a umidade de seu rosto. O Sueco se aproximou.

— Estão negociando com a tevê inglesa?

— Hoje começa a virada — disse Fredo, olhando bem nos olhos de Gilles.

— O Antenor está ciente disso?

— Eu estou, *mister* Gilles. Eu estou.

O Sueco balançou a cabeça e voltou as costas para sair. Antes que ele se afastasse, porém, Fredo estendeu o braço e tocou seu ombro. Gilles o encarou.

— A gente aqui entende de televisão, meu caro.

Então a luz acendeu e Fredo voltou para o estúdio.

***

Às nove e meia da noite, após a terceira chamada para o quadro, os índices chegaram a 25. Quando Fredo anunciou a nova atração para o bloco seguinte subiu para 27. Enquanto Bentinha enxugava seu rosto e o ajudava a trocar a camisa, Tom lhe cochichou:

— Nilo está bêbado.

— Onde?

— Na sala VIP.

Fredo desvencilhou-se da assistente. Percorreu o longo corredor, abrindo espaço entre dezenas de envolvidos na produção, até a sala VIP. Tom e Bentinha o seguiram no atropelo.

— Você entra no ar em 30 segundos — gritou Tom. — Deixa que a gente cuida dele.

Nilo dormia curvado, cotovelos sobre os joelhos, mãos na cabeça. Fredo o ergueu pelo colarinho.

— Estraga só a minha festa que eu mando te jogar no mar das ilhas Cagarras. As arraias vão comer tuas vísceras — disse Fredo, e depois o largou. Estava evidente, na dilatação das pupilas, o porre monumental.

Fredo retornou abrindo espaço ao redor de si. Tom e Bentinha atrás.

— Quanto tempo até a entrada dele?

— Se você esticar, 5 minutos.

A luz vermelha acendeu. Fredo empinou o corpo.

— Aplica glicose... Uma, duas vezes, quantas forem necessárias pra acordar o sujeito — ordenou. Depois sorriu e entrou ao vivo.

**

Nilo elevou os índices a 29 pontos na entrada, chegando a 32 nas cenas do Chico's bar, o mais alto do dia, batendo *Um Socoro Já* em seu pico de 19 pontos.

— Você é figura tradicional na noite carioca, Nilo, certo?

— Sou tão tradicional quanto a Banda de Ipanema, só que não tão regular. — Nilo sorriu, vaidoso.

— Bem, Nilo, a gente gravou algumas cenas da sua vida. O público quer ver.

Fredo segurava cartões, qual baralho. Estendeu um.

— Esta, a gente pode ver?

Nilo leu o que estava escrito no cartão. Seu rosto estampava descrédito.

— Você está brincando. Não conseguiram gravar isso que está aí.

— Por que, Nilo, não aconteceu?

— Eu disse que não é possível que tenham conseguido gravar.

— Então me autoriza a colocar no ar?

A dúvida estava instaurada.

— Se você autorizar, eu mando rodar.

— Como é que vocês podem ter conseguido gravar isso?

— Bem, Nilo, isso não está em questão. Aqui está um vale de 10 mil reais pra você nos deixar mostrar essa cena.

— Dez mil?

— É o que a produção me permite oferecer. É pegar ou largar.

Nilo apanhou o vale da mão de Fredo, dobrou-o e guardou-o no bolso.

— Estou autorizado? — perguntou o apresentador.

— Está.

— Vamos então rodar a intimidade de um carioca da gema. Atenção, São Paulo, na próxima semana vamos ter um representante daí!

Corte para o interior do apartamento de Nilo. Sua empregada entra no banheiro com a toalha na mão, fecha a porta. Logo aparece Nilo, que sobe num caixote e espia pelo basculante.

Corte para a empregada se despindo. Corte para Nilo, excitado, espiando. Corte para a empregada se ensaboando. Corte para Nilo: a câmera o flagra de perfil, masturbando-se.

A imagem volta para o estúdio.

— Corta, corta que está ficando pornográfico. Mas, Nilo, é isso que você faz quando a sua secretária toma banho?

— Ela é uma graça, não é? Nunca deu pra mim.

— Será que o namorado dela está assistindo?

— Também pensei nisso, antes de aceitar. Ela já namorou um capoeirista, mas agora está sem ninguém.

— Ok, esse é o SpyCam, atração exclusiva do *Rio Sampa Show*. Vamos para os nossos comerciais e voltamos com mais cenas de Nilo, o bon-vivant carioca.

***

Os 480 mil reais, gastos entre produção e prêmios, valeram a Fredo recuperar a liderança no horário. *Rio Sampa Show* voltara a ser atração nacional principal.

Fredo convidou a cúpula da direção para comemorar em seu apartamento. Até Antenor foi até a Lagoa, prestigiar o encontro. Coisa rara. Ao sair, puxou Fredo pela manga da camisa.

— Não sei como você conseguiu fazer o que fez, mas me rendo aos resultados. Vamos falar amanhã sobre custos. Sendo compatíveis, pode contar comigo. Parabéns.

O Sueco também se rendeu.

— A atração funcionou. É preciso manter o nível dos entrevistados, mas isso é só trabalho. *Congratulations*.

Nilo Guimarães zanzava entre os convidados. Já estava bêbado novamente.

— Não sei quem disse que ser carioca é um estado de espírito, mas acho que isso é coisa de paulista infiltrado.

— Conta aquela do Moreira Salles — pediu Fredo, que sabia a maior parte das histórias do amigo.

— Não fui eu, Fredo, não fui eu. Só presenciei o lance. Era dessas festas com poucos ricos e muitos piolhos. Sabe, piolhos? Caras que vivem colados em quem tem dinheiro?

— Como você? — exemplificou alguém.

Gargalhadas estouraram.

— É. Como eu. Bom, estava assim de piolho, mas também o doutor Moreira Salles. Um dos duros pegou o banqueiro no mictório e descascou a prosa. Pediu pro Walter, lá no meio da festa, cumprimentá-lo como velho amigo. Bastaria pra arrumar a vida do cara: um sinal de intimidade com o grande nome. O Walter só ouvindo a cascata. Bom, voltaram sem nada combinado, mas o banqueiro quando ia saindo... resolveu dar uma colher de chá. Bateu nas costas dele, se despediu com intimidade: Boa-noite, fulano, até mais... O piolho, que contava piada numa roda de amigos, voltou-se e mandou essa: Não enche o saco, Walter, não vê que eu tô ocupado!!!

Quatro horas da manhã os últimos se foram. Mas Nilo continuava bebericando uísque.

— Qual a sua marca preferida, Nilo?

— Bebo qualquer uma, Fredão. Teu uísque é de primeira.

Fredo pegou uma garrafa fechada no bar.

— Gosta de JB?

— Claro.

— Então leva essa pra beber em casa.

Nilo olhou-o longamente, depois pegou a garrafa.

— Tá na hora de dispensar os piolhos, né?

* * *

A reunião ao meio-dia teria a presença de Jesus Bianco. O diretor-presidente da rede retornava após um mês embarcado em um cruzeiro transcontinental. A sala de reuniões na cobertura nunca era usada sem a sua presença.

Foram chegando os de sempre: Antenor, Mariana, Salomão e o agora constante Gilles. Sentaram em poltronas de couro com mesas individuais acopladas, cinzeiros e porta-copos. Um monitor ocupava a estante, entre fileiras de livros que pareciam nunca terem sido realmente manuseados. O garçom colheu os pedidos: sucos, águas, cafés.

— Vamos aguardar alguns minutos, papai manifestou o desejo de dirigir a reunião.

Ao centro da mesa, jornais e revistas editadas pelo grupo. A família Bianco atuava no ramo de comunicações havia cinquenta anos. Ganharam muito dinheiro, influência e poder político. A decadência, diante de estrangeiros apoiando outros grupos, quase fechara a editora. Na televisão, só o *Rio Sampa Show* rivalizava com as grandes redes. Fredo se sentia à vontade na presença do presidente.

Jesus chegou pelo elevador exclusivo. Todos se levantaram, e, após os cumprimentos, Antenor apresentou Gilles, resumindo seu currículo. Jesus abriu os braços indicando os assentos, e ele mesmo se acomodou numa bergère.

— Antenor me relatou o ocorrido. Fico feliz, Fredo, que as coisas estejam retomando o rumo certo. Como é de seu estilo, tudo foi feito de forma silenciosa, sem alardes. Mas hoje, no *day after*, precisamos saber quanto vai custar a manutenção da virada — disse o chefão.

O garçom voltou para servir as bebidas, quebrando o clima. Aguardaram Fredo tomar seu café.

— Bem, estamos vivendo a era da transparência total. Todos querem saber exatamente como e por que as coisas ocorrem. Eu já farejava isso há algum tempo e estabeleci contatos em nível mundial para acompanhar o desenvolvimento dessa tendência. Meus observadores localizaram o SpyCam, em Londres, na Inglaterra. *Mister* Wilson, seu criador, adorou a ideia de uma ponte experimental num país em desenvolvimento.

Jesus acendeu um vasto charuto e começou a baforar o ambiente.

— O projeto SpyCam é composto de um complexo sistema de microcâmeras, que, disfarçadas nos mais prosaicos objetos, flagram o *target*, ou o alvo, nas suas ações e intenções — seguiu narrando Fredo, julgando-se bom vendedor de suas ideias. — Esse vídeo vai explicar melhor do que eu.

Colocou o DVD no drive. Durante 10 minutos seguiram-se etapas de desenvolvimento do projeto em gráficos e trechos de programas já exibidos.

— Se você não se importa, gostaria de assisti-lo com mais tranquilidade numa outra hora — interrompeu Jesus.

— É claro — assentiu Fredo.

— Alguém tem alguma observação? — inquiriu o presidente, esmagando o charuto.

— Algum comentário, Gilles? — perguntou Antenor ao Sueco.

— Apenas observar que os reality shows têm tido vida curta e exigem grande variedade de *targets* interessantes.

— Descobriu a roda, camarada. Toda semana minha produção caça *targets* interessantes, ou o programa acaba — rebateu Fredo, o volume de sua voz um pouco alto demais.

— Eu quis dizer que um reality show não é uma mudança estrutural... E, na minha opinião, o *Rio Sampa Show* necessita de um reset!

— E, como seria esse reset? — perguntou Fredo.

— Apresentei uma lista de observações — disse o Sueco, que aparentava mais calma na discussão.

— Não chegou a mim.

— Está comigo, Fredo — interveio Antenor. — Preferi que ela fosse aberta em reunião. Mas os acontecimentos podem mudar tudo, reconheço.

Houve um novo silêncio.

— Quanto custa o brinquedo das câmeras? — quis saber Jesus.

— A transferência de tecnologia sai por 8 milhões de reais. A manutenção vai a 100 mil dólares por mês — informou Fredo, sem rodeios.

— Uma nota preta — disse Salomão, interrompendo seu mutismo. — Mas pode valer a pena, se a audiência continuar alta.

— E se a gente investir todo esse valor e na semana seguinte a audiência cair? — perguntou Mariana.

— Bem, o risco faz parte do negócio. O que importa é a tendência — disse Jesus, cortando a nora. — E a tendência parece ser positiva. Quais as mudanças estruturais que o senhor Gilles propõe para o programa?

— Pai, esse talvez seja assunto para uma outra reunião... São detalhes de produção...

— Estou excluído desse debate? — riu-se Jesus.

— Não é isso — quis desconversar Antenor, mas sentiu que seu pai exigiria a exposição do assunto.

— Então, senhor Gilles, tenha a bondade de contar-nos sobre suas sugestões — ordenou Jesus.

Fredo sorriu, agradecido pela intervenção do presidente.

— Ok, senhores. Fui chamado para fazer um trabalho, e fui pago para isso. Costumo cumprir meus contratos. A primeira observação que deve ser feita sobre a principal atração da casa é que, sendo um programa baseado no conflito, no caso entre cidades, beneficia muito mais uma do que a outra. É um programa que privilegia o Rio de Janeiro. A produção paulista é quase secundária. Havendo uma boa investida no lado paulista os rendimentos poderiam dobrar, uma vez que São Paulo tem o maior volume de anunciantes do país. Em segundo lugar, peço licença para considerar o simpático senhor Fredo um apresentador de televisão apenas razoável. Prefiro-o como produtor. Em terceiro lugar, a minha sugestão é de contratar Neil José para apresentar o *Rio Sampa*.

— Como? Neil é um subser humano — exclamou Fredo, sem conseguir resistir à provocação.

Houve um silêncio geral.

— Me desculpem. Continue, Sr. Gilles — concedeu Fredo.

— Afastando as razões do coração, devemos refletir sobre a seguinte questão: Neil é contratado. Vai topar qualquer proposta que cubra a sua atual. Para ele vai ser uma honra apresentar um programa com a tradição do *Rio Sampa Show*. Além disso, ele é a força do adversário. Trazendo o cara, vamos estar esmagando a concorrência. Em linhas gerais, são essas as mudanças. Existem outros aspectos de menor relevo, mas igualmente importantes, como o público alvo e as atrações excessivamente regionais. É isso.

— Gostaria de comentar alguns pontos do que foi colocado... — iniciou Fredo.

— Meu querido Fredo, não gaste a sua retórica conosco, pois não vamos lhe dar um tostão — interrompeu Jesus. — As observações do senhor Gilles são procedentes, mas são frias. Como as de um observador externo. Ele não considera que apresentar esse programa é parte de sua vida. Não é possível lhe arrancar isso sem destruir junto a sua criação, e todos nós aqui sabemos que o *Rio Sampa Show* é seu.

— Mas pai...

— Cale-se, Antenor, suas palavras não vão ser mais sábias do que as minhas, portanto ouça... e aprenda. Podemos aproveitar as sugestões de nosso consultor, que foi pago para isso. Precisamos honrar nosso investimento. Vamos contratar Neil para uma parte do programa. Quem sabe ele não possa ser a pessoa em São Paulo? Afinal, já é conhecido lá. Enfim, achar um lugar para ele não vai ser o mais difícil. Vamos buscar dinheiro em São Paulo, concordo com Gilles. Quanto ao Spy-Cam, o melhor é testá-lo. Oferecer uma participação aos ingleses, talvez... Ou uma quantia menor para experimentar mais. Essa é também uma missão para você, Fredo. Bom, acho que já nos estendemos bastante. Estou com fome. São duas horas da tarde. Convido-os a se retirarem porque vou receber o ministro para o almoço.

Todos se ergueram para as despedidas. Antenor agarrou o braço de Fredo.

— Precisamos de outra reunião para detalhar essa — disse.

— Amanhã de manhã, às 11, pode ser?

— Combinado. Amanhã às 11.

Fredo subiu para almoçar sozinho na cobertura, mas Tom chegou em sua mesa e foi convidado a se sentar.

* * *

Após intensas negociações, Menezes concordou em preparar a fase de testes pela quantia mínima de 500 mil dólares. Antenor aceitou manter inalterado o programa, com o Sueco passando a integrar a produção do show. Horas e horas de reuniões transcorriam todas as manhãs. Fredo ordenou uma investigação sobre Neil José. Seduziria o apresentador de *Um Socorro Já*. Pretendia encantá-lo. Incitar seu desejo de ser como ele, para então convidá-lo a participar do programa.

— É inacreditável, Fredo — informava-lhe Tom. — Ele mora num enorme apartamento, mas no Maracanã, num prédio caindo aos pedaços. Tem mulher e cinco filhos. Era camelô, virou radialista e acabou na tevê. É mulherengo, umbandista de bater tambor em sessão. Que mais? Bebedor do tipo moderado. Vinho quinado, de preferência. Está ganhando 50 mil por mês. Não sabe o que fazer com o dinheiro. Comprou uma picape, apesar de não ter nem sítio nem fazenda.

Fredo ouvia seu produtor enquanto mastigava pedaços de melão, acompanhados de suco de lichia.

— Tive certa dificuldade de falar com ele em sigilo. Acabou que esperei até ele chegar em casa. Não queria dispensar os dois seguranças de jeito nenhum. Só cedeu quando provei que era da tevê. Vem hoje aqui, às oito — disse Tom, completando o relatório.

— Qual é o gênero de mulher que ele gosta?

— Grandes. Altas, com peitões.

— Providencie uma.

— O que mais?

— Gravação. Vamos gravar o encontro: áudio e vídeo. Quero uma câmera no quarto de hóspedes também. Acho que é só isso.

***

Os pensamentos de Fredo flutuaram, no correr do dia, entre Celine, que chegaria na manhã seguinte, e o encontro com Neil, logo mais à noite, além dos possíveis alvos para os programas do mês. Às 18 horas, Tom chegou com Luciana. Era um mulherão. Fredo calculou que ela devia pesar uns 100 quilos, mas media quase 2 metros. Era proporcional e simpática e deveria agradar ao homem-chave de *Um Socorro já*. Seu cachê, de mil reais, cobria tudo desde que não envolvesse violência.

— Oi, Luciana — cumprimentou Fredo, olhando a jovem como quem examina uma mercadoria antes de comprar.

— Oi.

— Tira a roupa.

Luciana despiu pela cabeça a soirée de malha azul. A calcinha rendada e o sutiã também eram azuis. Havia uma protuberância levemente excessiva nas ancas, mas, no conjunto, era uma mulher atraente. Fredo experimentou certa intumescência.

— Tudo.

Ela assentiu. Dobrou para trás um dos braços, para desvencilhar-se do sutiã. Para o tamanho dos seios, era surpreendente que fossem tão rígidos. Curvou-se e tirou a calcinha, deixando à mostra um chumaço de pelos descoloridos no púbis; o efeito era um tanto estranho.

— Espero que esses teus pentelhos não firam o gosto do nosso cliente — disse Fredo, e sorriu. — A encenação é a seguinte:

você fica no quarto, nua. Deve ter uma tinta pra cabelos. Dá pra você pintar até as oito, não dá?

— Dá.

— Bom. Como eu ia dizendo: você fica no quarto, como se fosse minha namorada... Eu vou ligar do celular pro telefone de lá. Eu digo: O Eduardo está? Você não responde nada. Desliga. Dez minutos depois você vem até a sala. Enrolada numa toalha. Pergunta se não vou voltar pra cama. Daí em diante, na frente do nosso hóspede, você faz o que eu mandar. Ok?

— Ok. Vou ter que transar com muita gente?

— No máximo, com o Neil José.

— Neil José?

— Aquele apresentador brega do *Um Socorro Já.*

— Aaah, sei.

— Sabe mesmo?

— Não. Não vejo tevê.

— Faz bem.

***

O porteiro informou a chegada de Neil José. O homenzinho vestia um incrível paletó de veludo dourado. Fredo teve que admitir que Neil não passava despercebido; sua presença, no mínimo, incomodava, pois era meio debochado, embora não exatamente com seu interlocutor. Olhou a sala de Fredo como se examinasse um cenário de gravação. Parou e ficou admirando o quadro de Ruben Gerchman em que figurava um carrinho cor de laranja. Observou-o atentamente.

— Garanto que tu pagou uma nota por isso — disse, risonho.

— Nem tanto. É uma gravura. Serigrafia — respondeu Fredo.

— Por que razão um carrinho, que minha filha de 8 anos pode desenhar, está na sua parede?

— Arte depende de conceitos, subjetividades.

— Ah é, é... Sub o quê?

— Aquilo que não é objetivo, que não fica na cara.

— O que não fica na cara é sorrateiro, portanto tem sacanagem, correto?

— Não sei se é correto. Por esse raciocínio, a sutileza é sacanagem.

— Fui numa exposição de arte outro dia. Com uma dona aí. Só pra agradar e depois comer. Cada quadrinho custava entre 4 e 6 mil pratas. Tu acredita?

— Acredito. Está vendo aquele ali?

Caminharam juntos até o outro lado da sala.

— É uma marina do Guinard. Paguei 50 mil dólares por ele.

— Bonitinho. Lembra Paquetá. Passei umas férias lá uma vez.

— É? Bacana. Quer beber o quê?

— Sei lá. Tem o quê?

— Quase tudo. Uísque, vodca, gim, vinho quinado. Tenho um excelente vinho quinado italiano. Quer experimentar?

— Taí. Gosto de vinho quinado.

Caminharam até o bar.

— "Tinto di Pastorello" — leu Fredo no rótulo. Encheu o cálice e colocou diante de Neil. Apanhou a garrafa de Buchanan's.

— Esse copinho tão pequeno, é subjetivo também?

— Você está obcecado pelas subjetividades — disse Fredo, rindo, enquanto apanhava um grande copo de cristal, onde despejou o conteúdo do cálice. Depois completou até a borda com o vinho quinado.

— É que eu sou objetivo, então sou classificado de brega e o escambau.

— Não ligue para o que dizem. Você é um sucesso, Neil. Isso é o que importa. Um brinde.

Neil bateu seu copo no de Fredo.

— Então, essa sua unha encravada na audiência pode me ajudar em quê?

— Você tem humor fino, Neil.

— Acha?

— Sem dúvida. Ou o povo não te seguiria. Lembra do flautista de Hamellin?

— Não.

— É uma história famosa. Mas vamos ao que interessa. Eu e você somos pessoas especiais, concorda?

— Porque ganhamos uma nota preta todo mês?

— Só ganhamos isso porque somos especiais. Não é justo que fiquemos tentando destruir um ao outro. A nossa união seria imbatível. Venha para o meu lado.

— Como?

— Quero que você venha trabalhar na nossa emissora. Quanto você ganha pra apresentar *Um Socorro Já*?

— Um dinheirão que jamais ganhei na vida.

— Dou mais 25% pra você apresentar alguns quadros do meu programa. Toda a parte popular.

— Quer dizer que eu ganho 25% a mais pra ser o número dois, quando na minha tevê sou o número um? Se ganhasse o dobro pra ser o número dois, ainda estaria perdendo. Teria que ganhar o triplo pra ser o número dois. Cem por cento pra empatar mais o extra pra largar a minha posição, correto?

— Sei lá, sua matemática enrolou minha cabeça. Mas três vezes o que você ganha deve ser mais ou menos o que eu ganho. Com vinte anos de televisão.

— É por isso que é difícil comprar o meu passe. O que eu valho é o povo quem determina.

— Certo. Talvez você tenha razão. Mas posso argumentar que você vai estar mais seguro ao meu lado, uma vez que o seu programa pode ser vitimado pelo rolo compressor da nossa emissora.

— É na briga que se aprende a brigar, seu Fredo.

— Com licença — disse Fredo, olhando o relógio. — Tenho que fazer uma ligação urgente, agora. — Pegou o celular e discou, rapidamente. — Alô, o Eduardo está? Não? Obrigado, diga que liguei. — Fredo largou o telefone sobre a mesa e apanhou a garrafa. — Quer mais vinho quinado?

— Tá querendo me deixar de porre? Põe mais um pouquinho. É bom o seu vinho.

Fredo o serviu novamente.

— Você poderia apresentar a parte paulista do programa. Lá você seria a única atração. Seu nome ficaria conhecido no maior mercado do país.

— O senhor está mesmo preocupado comigo, não é, seu Fredo Bastos? Pode deixar que eu me cuido — disse Neil, bebendo o vinho todo de um gole e se levantando.

— Espera. Não se deve fechar nenhuma porta. Isso eu aprendi.

— E eu aprendi que nunca se ganha com quem ganha mais do que a gente. Por isso é que eu faço programa pra pobre.

Luciana apresentou-se enrolada numa pequena toalha de banho, o volumoso corpo quase todo à mostra.

— Você não vem pra cama, Fredo?

Os homens se voltaram para olhá-la.

— Luciana!... Chega mais perto. Quero te apresentar o Neil José, estrela de *Um Socorro Já*.

Luciana veio balançando as ancas largas.

— Essa é Luciana, Neil. Nossa assessora.

Neil se levantou, lentamente. Fredo notou o seu deslumbramento. Tom era um especialista na matéria: conseguir a mulher certa para o cliente.

— Prazer. Neil José às suas ordens.

— Luciana. Prazer.

— Quem está às suas ordens é ela, Neil. Senta aqui, Luciana — disse Fredo, apontando o lugar no sofá ao lado. Ela se sentou onde fora indicado. — Quer beber alguma coisa, querida? — perguntou, levantando-se.

— Tem Campari?

— Tenho. Italiano. — Saiu em direção ao bar. Enquanto servia a bebida, ficou observando o outro, que desistira de sair e olhava a mulher, descaradamente. Fredo voltou, estendeu a bebida para ela. No movimento, aproveitou e desatou a toalha, desnudando-a.— Em nossa companhia você vai ter acesso ao melhor, Neil. É importante considerar isso.

— O senhor negocia com qualquer moeda, hein? — disse Neil, arrastando um pouco a voz.

— Eu não chamaria uma bela mulher de moeda. Levanta, Luciana.

A mulher ficou de pé, inteiramente nua. Suas pernas eram longas e fortes. Uma penugem fina cobria seu púbis róseo e farto. Fredo fez a moça girar sobre as sandálias de salto alto, que a tornavam monumental. A bunda descreveu um movimento suave quando ela trocou de pé como apoio.

— A Luciana tem prazer em dar prazer aos amigos. É da sua natureza. Um oferecimento da nossa rede, Neil.

— Está me oferecendo ela... Assim?

— Pode usar o quarto de hóspedes. Relaxa. Conduza o Neil, Luciana.

A moça estendeu as mãos, sorridente. Neil vacilou ao se levantar.

— É melhor eu ir embora — disse.

— O fato de não termos feito negócio não deve impedir que iniciemos uma grande amizade, certo?

— É mesmo?

Luciana agarrou as mãos de Neil e as colocou na sua cintura. Depois girou, fazendo com que o homem ficasse admirando sua bunda. Saiu caminhando. Ele foi atrás.

— Piuííí... — disse Fredo, imitando o apito de um trem. — Piuííí....

— Piuííí — repetiu Luciana.

— Piuííí — fez coro Neil, e seguiram os dois em direção ao quarto.

Fredo serviu-se de mais uísque quando ficou sozinho. Desejou estar no lugar do outro.

**

Celine chegou carregada de seu périplo ao Oriente e à Europa. Fredo encheu a traseira do jipe Range Rover com sacolas e objetos de todos os tipos. Era Celine especialmente bela? Ou Fredo vivia uma grande carência? No portão de desembarque, empurrando o carrinho, vestindo a túnica de seda chinesa negra, estampada com rouxinóis dourados, ela estava encantadora. Logo depois, Fredo reconheceu Sandro, Sandro Tenreiro, amigo da namorada, carregando outro carrinho com bagagens de Celine. Surpreendeu-se com a coincidência de terem se encontrado no aeroporto de Roma. Festejaram o encontro, abraçaram-se. Fredo ofereceu carona, mas Sandro preferiu o táxi, que o levaria direto para o Alto da Boa Vista, onde a família tinha residência. O casal rodou calado, lentamente, na retenção de saída do aeroporto. Fredo em estado de graça, Celine com a mão atrás de seu pescoço. A caminho da casa dela, no Leblon, ele narrou o momento. O confronto com Antenor. As mudanças no programa. Celine apenas ouvia, calada.

— Você é a diferença, e isso tem que ficar claro — disse ela por fim. Costumava resumir grandes debates em uma frase que, normalmente, pesava para Fredo.

Entraram no apartamento da avenida Delfim Moreira, de onde se via o oceano Atlântico traçando a linha do horizonte. Sua fiel auxiliar, Jurema, uma negra gorda, neta de empregados da família, comandou o transporte das bagagens pelos funcionários do prédio. Fredo e Celine sentaram-se, abraçados, na varanda, bebendo suco de frutas.

— Vamos pra cama? — sugeriu Fredo, acariciando a namorada na suave curvatura do seio, sob a seda.

— Deixa eu chegar — disse ela. — Estou com saudades da minha casa. Vou promover uma *open* no sábado. O que você acha?

— É, bom. Afinal, foram mais de trinta dias.

— É. Convida os gringos de quem você falou. Como é mesmo? O Sueco e o outro.

— O Menezes. Mas são facções diferentes. Com certeza vou trazer o Menezes. Vai convidar o Sandro?

— O Sandro? Por quê?

— Vocês não se reencontraram?

— Por acaso. É. Talvez eu o convide.

— Vamos conversar deitados. Estou precisando olhar teu corpo nu.

— Meu corpo nu?

— Tenho imaginado teu corpo todas as noites.

Ela o abraçou mais forte.

— Meu querido. As amantes são para suprir as ausências. Você não tem uma?

— Tenho. Mas você é, essencialmente, insubstituível — disse Fredo.

— Talvez.

— Então, vamos?

— Estou cansada. O voo fez escala no Chile. Uma hora a mais, quase.

Fredo ficou encostado na grade da varanda.

— Não quero te forçar, mas preciso do teu sexo — disse olhando para ela, que continuou calada, consultando uma pequena agenda. Completou uma ligação e trocou algumas palavras com alguém. Desligou. Voltou à agenda.

— Bateu em quanto o cartão? — ele quis saber.

— Não sei. Mas cheguei a duas renovações. Você sabe o limite?

— Dez mil dólares. Você gastou uns 30 mil. Tudo certo. Nunca te cobrei nada.

— Então por que perguntou pelo cartão?

— É uma troca. Quero ir pra cama.

— Está me tratando como uma call girl? Vamos fazer virtual, como em Casablanca. Vai pro quarto e liga pro meu celular.

Fredo saiu em direção ao quarto. Logo o telefone tocou.

— Alô. Quem fala? — ela atendeu, voz melosa.

— É o cara que paga os teus cartões, vagabundinha.

— Quem? O produtor de shows populares do Brasil?

— É. O mesmo que te dá vida mansa. Quero você aqui embrulhada em seda da China. Passa no banheiro e apanha os óleos. É necessária certa lubrificação para as emoções que vamos viver agora.

— Não sei, meu bem, estou tão cansadinha.

— Pra mim não tem cansaço. É um michê caríssimo. Paguei e quero receber.

— Acho que vou deixar pra hoje à noite — disse Celine, e desligou. Logo o celular tocou novamente, e de novo ela desligou.

Fredo surgiu na varanda, de cueca. Agarrou a mulher pelo pulso.

— Nãão.

Ela tentou resistir. Fredo a arrastou. Ela esperneava, ou fingia. Na porta da área de serviço, Jurema olhou a cena e virou as costas, caminhando depressa para o outro aposento. Celine agarrou-se a uma cortina. Fredo ergueu a namorada nos ombros e o pano foi se soltando das presilhas num ruído sequencial. A mão livre dele arrancou-lhe parte do quimono e depois a calcinha. No banheiro, a fez entrar na enorme banheira e abriu todos os jatos de água. Enquanto ela gritava e se defendia dos esguichos de diversas intensidades, Fredo a beijava, babando de desejo. Ele a fez ajoelhar-se na borda da banheira e a penetrou. Antes de estar inteiramente dentro, ejaculou forte.

Saiu da banheira pingando e se dirigiu, trôpego, para a cama próxima.

— A velha rapidinha. Estava com saudades — disse a Celine.

— Não precisava rasgar o quimono. Você pagou bastante por ele.

Fredo adormeceu, um sorriso nos lábios.

***

O desempenho sexual de Neil José, gravado no apartamento de Fredo, foi assistido repetidas vezes. Riram muito do apresentador de *Um Socorro Já*, que agilmente saía e entrava novamente em Luciana. Fazia sinais obscenos para a câmera e logo retornava ao ato. Seu desempenho lembrava mais ginástica do que duas pessoas se amando.

— Ele deixou claro que sabia que estávamos gravando, disse Fredo.

— É, e não parecia muito preocupado com isso — observou Tom.

— Bem, o sujeitinho é esperto. Trepou de graça à nossa custa e vai continuar nos dando trabalho — disse Fredo, ao desligar o vídeo.

— Podemos convidá-lo a participar do SpyCam. Se negar, faturamos; se vier, também — sugeriu Tom.

— É. Pode ser. Mas a tranquilidade dele em relação à gravação faz supor algum trunfo.

— Qual?

— Não tenho ideia. De qualquer forma, vamos deixar o tempo passar, antes de usar a fita.

— Ok. Você manda.

Menezes entrou na sala.

— E então? Ah, esqueci de falar, Menezes conversou hoje com *mister* Wilson sobre nossa proposta.

— Tudo acertado. As novas câmeras chegam amanhã. É preciso ver o *target* — disse Menezes.

— O português dele está cada dia melhor — observou Fredo.

— Minha equipe está atrás do *target*. Queremos alguma coisa para arrebentar a audiência logo — informou Tom.

— Temos quanto tempo? — perguntou Fredo.

— Umas 24 horas, né Menezes?

— Quanto antes definir, melhor. Tem que largar *la plata a los otros*.

— Como assim? — quis saber Fredo.

— Subornar pessoas próximas do alvo pra gravar cenas quentes. Há a sugestão de colocarmos câmeras em motéis e promovermos um concurso entre cariocas e paulistas pra ver quem trepa melhor — explicou Tom.

— Pesado — observou Fredo.

— Mas não descartável — completou Tom.

Bateram à porta da sala de produção. Tom abriu e deu com o Sueco.

— Bom-dia, procurando alguém?

— Alô. Fredo está aí?

— Estou aqui. Entre. Menezes, esse é Gilles, o Sueco. Esse é Menezes, Gilles. São ambos consultores internacionais.

— Alô — disse Menezes, sorrindo.

— Halo — respondeu o Sueco. — *Your show is very good*!!

— *Speak portuguese, ok*?

— Ok. Gostei do seu trabalho.

— *Gracias*

— Quero integrar a equipe de vocês. Estou aqui pra ajudar — disse o Sueco.

— Muito bem, Gilles. Acho ótimo. Precisamos de uma atração pro SpyCam, urgente. Tem alguma ideia? — disse Fredo. Tocou o telefone.

— Sim — atendeu Tom. — Produção do *Rio Sampa Show*. Alô, Palmira. E aí? — Ficou ouvindo, enquanto os outros continuaram a falar. — Um momento — reclamou Tom, quase gritando. — Silêncio. Nossa repórter Palmira Lima tem novidades. Palmira, vou ligar o viva-voz e você transmite a todos a sua descoberta. Fredo está aqui, ouvindo.

— Alô, bom-dia pra todos — ouviu-se a voz suave de Palmira. — Temos um potencial candidato a alvo. É uma situação muito delicada, mas com alto rendimento jornalístico. Um paulistano nato quer percorrer com alguns amigos ruas e lugares onde viveu, relembrando. Tudo chega até uma casa de massas na Lapa, onde sua família vai estar esperando. Eles vão almoçar e o homem vai revelar que tem só um mês de vida. Vai ler uma carta em que declara sua satisfação em ter vivido com eles e tal. Quer 200 mil pra deixar um apartamento pra mulher e filhos.

— A atração é boa, mas um pouco cara — disse Fredo.

— É. Mas tem mais — completou Tom.

Todos haviam se aproximado e estavam em torno do telefone.

— Continua, Palmira.

— Ele vai cometer suicídio logo após o almoço. Vai dar um tiro na cabeça no banheiro — revelou a jornalista, e se calou.

— Chama o Moraes pra saber das implicações legais — ordenou Fredo.

— Mas o que você acha da ideia?

— Em princípio, ótima. Morte e sexo: a essência da vida — filosofou Fredo.

— Certo, Palmira. Continua o contato, mantendo sigilo da questão do suicídio. Vamos consultar os advogados — informou Tom, e desligou.

— Como show, pode, é a história na televisão brasileira. Os últimos momentos de um nostálgico revendo a cidade — disse Fredo, andando pela sala com os braços abertos. — A vida e a morte encontrando-se na memória de um homem... — continuou discorrendo, delirante.

— A turma dos direitos humanos vai criticar — disse o Sueco.

— Que se fodam... Que se fodam... Wim Wenders documentou os últimos momentos de Nicolas Ray, e ninguém viu problemas.

— De qualquer forma, é bom encontrar proteção legal — disse Tom, discando o número da secretária. — Marisa, chama o Moraes aqui, urgente.

— Boa essa Palmira, hein? Como ela conseguiu isso? — continuou Fredo, entusiasmado.

— É ouro essa menina. Ela subornou os funcionários de um laboratório pra selecionarem os doentes terminais. Encontrou esse cara assim — explicou Tom.

— É, mas calhou de o sujeito ser um nostálgico da cidade, querer reunir os amigos... Tudo isso — observou o Sueco.

— Tudo sugestão dela. O cara estava superdeprimido. Queria se matar... Ela o convenceu a morrer em grande estilo — disse Tom.

— Gênio, gênio... — elogiou Fredo. — Precisamos de produtoras desse quilate. Aí vamos chegar ao nosso posto natural: o pódio.

Quando o advogado chegou, Fredo despediu-se:

— Bem, cabe ao senhor dar um jeito. Temos uma matéria por si só excelente — disse, dando um tapinha nas costas de Moraes, que apertou os lábios e sacudiu a cabeça, como quem informa que fará tudo pelo negócio.

* * *

Palmira Lima desligou o celular e respirou fundo. Estava convencida de que agora sua carreira daria um salto para a frente. O próprio Fredo Bastos a chamara de genial. Um gênio reconhecera o outro. Foi o tempo de fazer a ligação e Joaquim Saboão voltou do banheiro. Era homem de 42 anos e descobrira um tumor cerebral que o destruiria nos meses seguintes. Inicialmente, deprimira-se, mas a presença de Palmira, jovem e bonita, pagando as suas contas de bar e restaurante, fizeram com que sua morte iminente representasse uma renovação vital.

— Combinei tudo com a direção da emissora — informou a jornalista. — Tivemos sorte. O diretor estava lá na hora que liguei... — Palmira viu que a palavra sorte não caíra bem nos ouvidos do condenado. — Desculpa. Falei sorte diante do quadro — o homem pareceu resignado. — Vamos organizar a produção. Você vai ser visto por milhões de pessoas, Quim. E sua família vai ficar com 200 mil. Vamos selecionar os amigos que participarão da matéria. Onde é que vocês se reuniam sempre?

— Faz tempo que a gente não se reúne.

— Podemos contratar uns coadjuvantes. Você é daqui mesmo, da Lapa?

— Nasci em Quixamorim. Vim pra cá menino.

— Vamos pegar você andando pelas ruas da Lapa... Os amigos surgem das esquinas, alguém sai de um bar, outro pode vir do cinema... A grande ilusão que é a vida vai jogando as pessoas no seu caminho....

— Tem uma coisa que eu preciso falar, dona Palmira...

— Fala, mas não me chama de dona. Sou mais jovem que você...

— Bom, é que eu nunca me matei...

— Claro que você nunca se matou, Quim... — Palmira riu.

— É. Desculpa... Quis dizer que nunca atirei, nem em mim nem em ninguém. Será que vou ter coragem?

— Primeiro lugar, Quim, olha bem nos meus olhos: não repete pra ninguém essa história do suicídio. Você vai ter coragem porque esse é o ato que vai render à sua família uma casa própria. Então, nesse momento, Quim, você vai estar ganhando da morte. Ela ia tirar a chance de você trabalhar e comprar uma casa. Aí você mete uma bala nesse tumor aí — concluiu Palmira, estendendo a mão e tocando a testa de Joaquim. — Acaba com esse miserável, e ganha a casa. Tenha coragem.

— Espero ter. É, eu vou ter, Deus há de me ajudar a ter — disse Joaquim em tom de súplica, enquanto Palmira já voltava a falar no celular com a produção do programa.

***

— Bem, a indução ao suicídio é crime previsto no código penal. Estar ciente de que alguém vai atentar contra a vida e não buscar impedi-lo também é crime. Explorar a boa-fé de alguém no interesse de beneficiar-se, idem — ia dizendo Moraes, após saber da situação proposta a Joaquim.

— Ora, Moraes, nosso interesse não é conhecer o código penal. Se fosse, iríamos para um curso de direito. O que a gente quer é saber como agir sem consequências — disse Tom ao advogado.

— Bem, sabido o delito, pra escapar das consequências, resta o encobrimento. Ninguém ficar sabendo.

— Quer dizer que não podemos colocar uma câmera no banheiro do restaurante. Isso deixaria claro que sabíamos do fato — raciocinou Tom.

— É, certamente — concordou Moraes.

— A cena tem que acontecer em casa. No banheiro dele.

— Seria uma solução. Porque aí haveria de nossa parte o argumento de que foram colocadas as câmeras previamente para apanhar todos os movimentos do homem.

— Isso. Deixa eu falar com a Palmira — disse Tom apanhando o telefone.

***

— Eu moro ali — disse Joaquim, apontando para um sobrado do início do século.

— Legal — comentou Palmira, apressando o passo em direção à casa. O celular dela tocou. — Alô. Oi, Tom. Estou aqui com o alvo. Chegando à casa dele. Um casarão na Lapa...

Subiram as escadas. Joaquim se adiantou e bateu à porta.

— Certo. Entendi. Já estou examinando a nova locação — falou Palmira ao celular enquanto entravam no hall do casarão.

— Ok, te mantenho informado — disse Palmira e desligou.

— Casa enorme, sua família é grande?

— Só eu e minha mãe.

— Só os dois?

— São 22 famílias aqui, moça.

— A senhora é da tevê? — interferiu uma velha, que havia aberto a porta.

— Ah, é um espaço comunitário? — Continuou Palmira; ignorando a pergunta da velha.

— Uma cabeça de porco. Vai fazer reportagem pra tevê?

— Vamos. Mas não hoje. A senhora pode dar um depoimento sobre o Quim? — pediu Palmira, lembrando que seu carro, parado na porta, tinha o logotipo da rede. — Vamos até o seu espaço? — sugeriu a repórter, levando Joaquim pelo braço.

Subiram as escadas rangentes de madeira. Havia um cheiro forte impregnando o ar. Era algo entre comida no fogo e urina. As portas dos quartos, abertas para amenizar o calor do verão, deixavam entrever famílias amontoadas em espaços mínimos, cozinhando em fogareiros sobre mesas atulhadas, ao lado de camas onde crianças de colo repousavam peladas. No vão do segundo lance de escadas, quatro jovens se remexiam ao som de um rádio tocando funk. Olharam os recém-chegados sem agressividade, mas Joaquim virou a cara.

— São drogados — sussurrou para a jornalista, que sorriu. Ela já sentira o cheiro forte do crack que havia sido queimado pouco antes.

No fim do corredor ficava o quarto de Joaquim. Alguém dormia embrulhado em lençol e de costas para a porta.

— É sua mãe?

— É. Dorme muito. Mãe? — chamou Joaquim, indicando uma cadeira torta a Palmira. — Fica à vontade. Mãe, temos visita.

O corpo se descobriu. Uma máscara enrugada encarou os dois. Olhar baço, imóvel.

— Prazer — disse Palmira estendendo a mão, que a velha não apertou.

— Quem é você? — perguntou, em vez de cumprimentá-la.

— Ela é da tevê, mãe. Vai fazer uma reportagem comigo. Queria que a família fizesse uma participação.

— Reportagem? Com você? Por quê?

— O meu câncer, mãe. Será que a Marília não vem com as crianças?

— A Marília não quer saber da gente, Joaquim. Será que você não se deu conta ainda?

— Talvez ela mude de ideia se souber que o Joaquim vai deixar uma casa de 200 mil reais pra ela e as crianças.

A velha começou a rir um riso frouxo, que foi crescendo, crescendo, se transformando numa gargalhada rouca, evoluindo para tosse e lágrimas, sem que se interrompesse a ridente zombaria.

— Só assim, por interesse, é que a Marília podia prantear a tua morte, filho. Que ironia — resmungou a velha, sentando na cama e olhando o chão, mergulhada em profunda tristeza. — Chama a puta, meu filho, chama a puta.

— Mamãe tem uma desavença com a Marília porque ela foi embora — disse Joaquim apanhando uma caneca e a enchendo de água na pia do quarto. — Vamos tomar um café, Palmira?

— Fica pra outra vez. Eu preciso ir. Se você me der o endereço da Marília, eu mesma falo com ela.

— Tem anotado aqui, a rua e o número dela... É no Tatuapé que ela mora.

Palmira apanhou o papel e desceu as escadas. O funk continuava embalando a tarde na cabeça de porco. O motorista, em pé ao lado do carro, dava proteção contra um bando de meninos que cercavam a perua da tevê.

* * *

— O ibope vai bater na lua, Antenor. Se prepara pra vender cotas de 10 milhões depois dessa edição — disse Fredo, entusiasmado, ao vice-presidente executivo do grupo.

Estavam na sala do dirigente, no último andar do prédio. Avistava-se de lá a densa floresta do maciço da Tijuca. Gaivotas voejavam altas em torno da pedra do Corcovado. O céu era muito azul.

— Vamos ser massacrados pela patrulha da mídia. Vão nos classificar de urubus. Disso pra cima — disse Antenor.

Serão urubus a voar em torno do Cristo?, pensou Fredo, tentando identificar as aves que julgara ser gaivotas.

— Falem mal, mas falem. Somos pichados do mesmo jeito. Nunca conseguimos uma crítica positiva de jornal nenhum — argumentou Fredo.

— O que você acha, Gilles? — perguntou Antenor.

— É apelativo, mas o povo gosta — opinou o consultor.

— Claro. O povo adora. Está aprovada a verba, prezado vice-presidente?

— Faça isso. Mas não aceito erros — concedeu Antenor, incomodado com o tratamento que Fredo lhe dispensava e que ele julgava sarcástico.

Um rumor mecânico e descontínuo cresceu, até se tornar intenso.

— Chegou. Estou indo para o litoral paulista. Volto depois de amanhã. Qualquer novidade, me liga — disse Antenor. — Vamos, Gilles?

Abriram a porta da sala e subiram uma pequena escada que levava à cobertura. Um helicóptero aguardava os dois homens. Fredo olhou a nave se elevar, girar sobre si mesma e embicar rumo ao litoral. Pensou que gostaria de possuir uma máquina como aquela. Ele mesmo a pilotaria.

PARTE II

"Ao vivo", piscava no canto da tela. Câmeras "nervosas" sacudiam a imagem de Fredo, caminhando até o magro e feio Joaquim. Apertou a mão do condenado. O homem deu um gemido, imperceptível.

— É a sua cidade, Joaquim. São Paulo. Você ama São Paulo, Joaquim?

A caravana ia percorrendo os pontos marcantes de sua vida; a igreja de São Genaro foi a primeira parada.

— Em 1958 era outro pároco. Entra, filho, essa é a casa de Deus.

Ângulos diversos do homem ajoelhando-se. O sinal da cruz. O beijo nos pés do crucificado de gesso. Fredo manteve, em sinal de respeito, as mãos para trás.

— Aqui foi batizado o em breve futuro morto.

Outros entraram na igreja. Supostos amigos do doente. Palmira indicava onde deveriam se colocar. Ordenava ângulos ao operador de câmera.

— Um contraplongée aqui — disse, lembrando seus tempos de curso de cinema. O técnico não tinha formação nenhuma e a olhou como se ela se referisse a um prato sofisticado. — Pega de baixo. Dá profundidade à cena.

Olho de Joaquim, mãos nervosas de Joaquim.

Pena não podermos mostrar o tumor crescendo lá dentro — pensou Palmira. E também pensou: Eu sou muito doida.

A caravana seguia pelas ruas sujas da zona leste, atraindo a curiosidade popular.

— Aqui estudou Joaquim. Você se lembra da sua professora, Joaquim? Procuramos dona Ana, mas ela não está mais entre nós.

Joaquim olhando as crianças magras. Entraram na loja de tecidos. O pai trabalhara ali boa parte da vida. Talvez fita métrica no pescoço, como o rapaz do balcão. O gerente cumprimentou Joaquim. Seguiram. No bar e restaurante Ilhabela, encheram cinco mesas com a caravana. A câmera focou os rostos alegres, sorridentes, falhados nos dentes. Joaquim também sorria. A mesa se encheu de Coca-Cola e guaraná. Rodízio de pizza para todos. Palmira pediu que a câmera acompanhasse. Um carro estacionou lá fora e dele descem mulher e duas crianças, garotos de 12, 10 anos. Entram no restaurante popular. As moscas se afastaram a sua passagem. Fredo se ergueu a um sinal de Palmira.

— Veja só, Joaquim, quem está aqui.

Ele também se ergueu. Agarrou a guarda da cadeira para não sucumbir a tanta emoção.

— Ela está aqui com seus filhos, Joaquim. Há quantos anos você não vê sua querida companheira, Joaquim?

Marília veio sorrindo. Close nela, nele, nos pequenos, no aperto de mão, abraça, abraça Joaquim, esse corpo que já foi teu. Abraçaram-se. Pode abraçar que câncer não pega, Marília. Plano médio, plano americano, close. Beijou as crianças. Eles moram de aluguel no Tatuapé. Ela é jeitosa, o corpo arredondado, lábios de mulata clara. O *Rio Sampa Show* vai dar 200 mil para comprarem uma ótima casa e se lembrarem de papai, que vai estar no céu. Foi ele que conseguiu isso. Pizza para todos. É rodízio. Tem muçarela e *alice*, portuguesa e califórnia, de camarão e fios de ovos. A alegria de comer bem, a felicidade de aparecer na tevê. Ao vivo.

***

Os carros da produção entupiam a rua. Alvoroço na cabeça de porco. Moço, tem moedinha? Posso cuidar? Fredo desembarcou olhando para os lados, lembrando ação policial. Palmira, braços abertos, conduziu o povo às escadarias. Todos sorrindo. O hall ficou cheio. Quem é? Quem está aí? Ninguém acreditando que o mosca-morta do Joaquim andasse com a televisão a tiracolo. O que ele fez? Matou quem? Estão fazendo uma reportagem sobre o câncer dele. A procissão seguiu escadaria acima, ganhando degrau após degrau.

— Essa escada é de Antonionni — disse Palmira, indicando um ângulo ao operador de câmera. — É no último — ela diz.

As portas se abriram, os olhares argutos e escancarados queriam saber. Joaquim? O que mora com a velha louca? Fredo segue à frente, como um predestinado a abrir as portas do paraíso. Aqui. A velha estava lá, sentada. Arrumaram seus ralos cabelos num coque. Entrou Fredo, entrou Joaquim, entraram os netos.

— Essa piranha pode ficar aí fora — gritou a velha, em 16 canais de som.

Fredo promoveu o abraço da mãe com o filho. A câmera registrou as lágrimas de Joaquim. O olho quase morto da mãe não tinha lágrima. A câmera girou em torno dos dois. Momento emocionante, quase insuperável. Palmira sussurrou no ouvido de Joaquim. Fredo falou para a câmera. Tentou traduzir a sua emoção. Palmira sussurrou novamente. Joaquim pediu licença e foi ao banheiro. Estava ocupado, alguém havia se trancado lá. Palmira bateu com força na porta e fez um dos coadjuvantes sair. Joaquim entrou. Palmira piscou para Fredo.

***

A central informava, pelo fone de ouvido, que o programa atingia 29 pontos, e estava à frente do concorrente em 6 pontos. Palmira consultou o seu Cássio: um minuto e 35, 36, 37 segundos... O que está acontecendo, Joaquim? Ela experimentou a porta, que se abriu. Joaquim tremia, olhando para o chão. Palmira se aproximou. Ao falar no ouvido dele, viu a arma em sua mão, entre as pernas. Saiu e fechou a porta; 55, 56, 57... A porta se abriu e Joaquim saiu. Sorriso tímido e trêmulo, as lágrimas corriam, suavemente. Palmira avançou e o abraçou.

— Se não rolar o *grand finale*, a grana não sai.

Joaquim olhou a mãe, que retribuiu um olhar severo; Fredo o encarou, tenso. Lá fora, além da porta, viu Marília conversando com o assistente de produção. É tarde já. O tempo em televisão é ouro. Os indicativos do ibope logo vão despencar. Palmira beliscou o braço de Joaquim. Ele entrou de novo no banheiro.

— Ele está com dor de barriga? — perguntou a mãe a Fredo, que a olhou numa careta sorridente. 58, 59...

***

Trêmulo, Joaquim disparou num ângulo quase vertical e a bala perfurou seu olho antes de entrar no crânio. Foi levado por uma ambulância para o hospital mais próximo e ainda resistiu durante meia hora, antes de expirar. Os índices chegaram a 45 no clímax da matéria, quando Joaquim era retirado ensanguentado pelos braços de Jamil, encorpado assistente de produção que pegara o número de Marília minutos antes da tragédia.

Na semana seguinte, o material da câmera escondida no banheiro foi mostrado em edição cuidadosa, elevando a audiência a 50 pontos, o que equivalia a uns 30 milhões de espectadores. Palmira foi conduzida à direção de jornalismo do escritório de São Paulo, e seu salário foi dobrado. Marília recebeu um apartamento na Vila Carrão. Nunca ficou sabendo se o imóvel custara de fato 200 mil reais.

* * *

O "caso" Joaquim rendeu audiência, mas também críticas de vários tipos na imprensa. Desde a indignação prevista por Antenor até suspeitas de formato policial, na página correspondente do jornal. Uma autoridade religiosa descreveu o fato como "uma lamentável demonstração da descrença do ser humano no poder de Deus-pai...", e também foi pedida, por parte da mídia eletrônica, "maior compaixão com a miséria humana, que se expõe ao desabrigo de Deus...". Um cronista de viés esquerdista condenou "a total falta de limites que a guerra por audiência alcançou, levando a busca enlouquecida por maiores ganhos às raias do absurdo...". Essas demonstrações de repúdio, entre muitas outras, não comoveram Fredo Bastos, em lua de mel com o sucesso. Foi capa da revista *Time* latina, à qual confessou em entrevista que não esperava esse sucesso quando saiu de Vila Formosa para o mundo. Na entrevista teorizou sobre o gosto do público: "A ficção está com seus dias contados na televisão. Creio que o veículo chegará a um *real time* em que o espectador estará conectado 24 horas por dia."

O suicídio de Joaquim se manteve na cobertura jornalística policial por duas semanas. A arma usada, um 38 carga dupla, comprado a dinheiro, custava 800 reais na época do ocorrido, valor acima das possibilidades da vítima. E por que ele aguardara a presença da televisão para agir? E o que a repórter Palmira Lima tinha dito à vítima quando entrara por duas vezes no banheiro?

Fredo, porém, ignorou todo o zum-zum-zum, ou até o julgou salutar. A centimetragem do clipping foi altíssima. Seu nome foi citado na mídia 429 vezes na semana seguinte ao programa. A cena editada do suicídio de Joaquim foi repetida pela rede e por outras tevês, em noticiário, 154 vezes. O valor das cotas de patrocínio do *Rio Sampa Show* triplicou, atingindo a cifra de 12 milhões de reais. E, finalmente, a participação societária de Fredo Bastos atingiu um valor de mercado de 100 milhões de dólares.

***

Fredo promoveu uma festa no Copacabana Palace, para seletos duzentos convidados. Foi a apresentação oficial do SpyCam ao Brasil, com a presença de *mister* Wilson, o inglês que adaptara microcâmeras de vídeo de apoio cirúrgico para a realização de reality shows. Uma mesa coberta de toalha rendada branca, adornada por centenas de botões de rosa rubros, acomodava a direção da rede. Fredo e Celine sentaram com os ingleses durante a coletiva. Perguntas impertinentes a *mister* Wilson foram respondidas acompanhadas de risadinhas por parte de todos. Anunciou-se a celebração de acordo de cooperação. A rede passou a representar o SpyCam para toda a América Latina.

Fredo revelou: seu programa passaria a ser veiculado aos domingos, lutando pela audiência com as grandes redes. Jesus Bianco o cumprimentou:

— Você nasceu pra vencer, não há mais dúvidas a respeito disso.

***

Ao entrarem no apartamento, Fredo convidou Celine para o último drinque da noite, na varanda. O plenilúnio banhava a cidade. Ele estendeu o pequeno estojo para a namorada: cinco brilhantes engastados em aliança de platina. Formalizava a intenção de levá-la ao altar. Celine sorriu. Houve o beijo, e se despiram ali mesmo.

Ao desabotoar a calça, porém, Fredo ejaculou fartamente. Sentaram lado a lado sem se tocarem.

— Ejaculação precoce, querido, você precisa se tratar... Se quiser ter herdeiros.

— Isso só acontece com você, pode acreditar — disse ele.

— Acredito. Devo ficar ofendida ou lisonjeada?

— Acho que é desejo em excesso.

— Talvez, querido. Procura o melhor tratamento. Você tem dinheiro.

Seguiram até o quarto de mãos dadas. Celine logo adormeceu. Fredo ficou pensando nos acontecimentos do longo dia.

***

A ameaça de *Um Socorro Já* parecia definitivamente afastada com a média de audiência do *Rio Sampa Show* estabilizada na faixa dos 30%, contra a metade do concorrente. Fredo continuou sua investida contratando, por melhor salário, Waldo Conceição, diretor de produção de Neil José, considerado pelos observadores uma peça chave no sucesso do programa.

A direção de Palmira Lima da parte paulista se mostrou muito eficiente, e não havia semana que a jovem não apresentasse novas propostas. Foi ela quem sugeriu monitorar as torcidas através do SpyCam. Cercaram a vida de um corintiano e de um flamenguista, torcedores dos times mais populares das respectivas cidades.

"João de Arimateia, morador de Vila Alboim, periferia oeste de São Paulo, dirige uma facção da torcida corintiana." João sorri para a câmera. Ele e outros dobram uma imensa bandeira. Em torno, o resto do grupo. Família e amigos de todos os participantes observam o pano sendo guardado: são 50 metros quadrados em preto e branco. Cores do time. Cantam o hino, desafinado e alto. As vozes embotadas de emocionada ênfase.

— João, o que é o Corinthians pra você?

As cabeças ocupam todas as janelas do ônibus. Faixas identificam o destino. Os Primeiros, diz a faixa. A facção chama-se Os Primeiros.

— João e os outros vivem para o futebór... — diz Deolinda, cearense, na cidade há doze anos e casada com João há oito. As crianças já são seis. Alugaram o ônibus para viajar até o Rio e assistir à magnífica final: Flamengo X Corinthians.

— A gente não perde um jogo desses nem pela porra... — diz João. — Por que corintiano é chamado de "sofredor"?

São 400 quilômetros entre as cidades, ligadas pela via Dutra. Uma rodovia criada há cinquenta anos.

— Quem é que paga tudo, o transporte, os ingressos, todos os gastos?

Palmira monitorou com microcâmeras a vida de João.

— Sou daqui mesmo, de São Paulo.

João vive das cordas vocais. Sabe vender qualquer produto gritando.

— Camelô, tem 1 trilhão em São Paulo. Dos bom, é pouco.

Enquanto vende antena de E.T. para criança, João pensa no time.

— Quando tem jogo tô com o Tingão na cabeça o tempo todo. Penso nele. Trepando? Penso nele. Comendo? Penso nele.

— Deus torce por quem?

Anos, longos anos sem ganhar campeonato.

— Deixei nada, sô fiel. Meus filho vão ser do Tingão. Que outro? Cresceu indo no Pacaembu ver o time.

— Socialmente, o time produz uma espécie de segunda cidadania, que supre o torcedor com aquilo que lhe falta num mundo previamente constituído. É como se ele encontrasse uma identificação na torcida.

Palmira ouviu sociólogos, torcedores e policiais.

— E o que acontece quando um jogador abandona um time e vai para o adversário?

O ônibus começa, lentamente, a se locomover.

— Devia ser proibida a formação dessas alas, são baguncei-ros violentos, muitos chegam ao homicídio.

— Bom, a gente vai pra vencer...

— Você acredita que teu destino era ser corintiano?

— A gente se esforça muito pra fazer uma viagem como essa. Tem que juntar dinheiro...

A ala Primeiros, criada por João, tem 76 membros. Dá para encher um ônibus.

— Vamos trazer o caneco.

— Ele ama mais você ou o time?

— Ama mais o Corinthians, mas quem deita com ele sou eu. (...) É uma escadinha: 8, 6, 5, 4, 2 anos, e tem esse aqui com 6 meses... quatro homens e duas meninas.

— Quem é o mais trabalhador? (...) Qual o defeito principal dele?

Deolinda é doméstica em Vila Madalena, numa família de são-paulinos. As luzes na Dutra ficam a distância. Mas o silêncio não vem com a noite. Há uma enorme empolgação no ar. A torcida leva instrumentos variados: reco-reco, tamborim, agogô. Cantam músicas de Adoniran, o hino, outras canções antigas...

A câmera pega João vestindo seu traje de guerreiro antes da viagem: camiseta, bermudão, chuteira.

Maria lavou e passou o uniforme do marido. Pendurou num cabide na sala. A casa tem dois quartos. Num deles ficam as crianças, no outro, o casal. Na sala tem uma enorme bandeira do Corinthians e a imagem de Jesus. Eles são evangélicos. O pastor é contra a adoração de imagens.

— Mas a gente não adora a imagem. Só gosta muito dela. Foi minha mãe que mandou do Nordeste.

O ônibus corre pela Dutra e alguns já dormem. Há um cheiro de cachaça no ar. João é contra bebida, mas não pode fazer nada. Ele acha que é melhor do que droga.

— Tenho medo da violência, mas, se acontecer, tomara que o morto seja deles, não nosso.

A câmera enquadra o beijo de João em Deolinda. As crianças em torno olham.

As primeiras luzes da manhã vão surgindo por trás da Serra do Mar. Há silêncio no ônibus. Todos dormem.

— A vida deles é o Corinthians, entende?

— O jogo é só de tardinha. O ônibus vai dar uma volta pela zona sul. É que o motorista é novo. Nunca foi no Rio. Como o veículo é do sogro dele...

João acompanhou duas derrotas e três vitórias do Corinthians no Maraca nos últimos anos. Cada grito de gol valeu todo o esforço, todas as dificuldades vencidas. Valeu.

O confronto entre Corinthians e Flamengo ocuparia um programa inteiro. Haveria reportagens, câmeras ocultas, entrevistas. O material de João estava sendo editado. Fredo entrou na ilha de edição para conferir. Receberia João e Trajano, o flamenguista, ao vivo para falarem de duas paixões: uma do Rio e outra de Sampa.

Trajano mora na Mangueira. É negro, forte, tem um largo sorriso simpático. Trabalha na companhia de gás do estado. Tem mulher e dois filhos.

— Vou pro Maraca a pé. É aqui do lado. Carlos vai comigo. O maior. — A câmera vai entrando no barraco de Trajano. Tem uma bandeira da escola de samba Mangueira entrelaçada com a do Flamengo. O rubro-negro e a verde-rosa. — Nasci no Mengão. Não sei pertencer a outro. Meu pai, que Deus o tenha, era Mengo também. E Carlinhos aqui já é rubro-negro também.

Luziana entra na sala. É negra também, carrega um menino no braço. Só olha toda a confusão na sua casa.

— Gente da tevê, Luzi, eles veio falar com a gente sobre o Mengão. Quer saber como vive os flamenguista....

— Mal — diz Luziana. — Time não enche barriga de ninguém...

— Mas a gente goza... Ah, se goza....

Quatro horas da tarde, calor do cão, Maracanã lotado. Oitenta por cento de bandeiras rubro-negras. A geral grita, canta, provoca, improvisa palavras de ordem e versinhos obscenos desclassificando os adversários com os piores xingamentos. João sobe a rampa à frente de sua galera, sobranceiro, empunha uma bandeira menor. Logo atrás dele vêm os outros carregando a gigantesca, que será desfraldada mais tarde.

Foguetes enchem de ruído a tarde. Esquentam corações e tímpanos de torcedores tensos.

Fredo informa o confronto nos primeiros minutos do programa. Pede a reportagem.

— O Corinthians é tudo pra mim. Mais que ele, só Deus — diz João, de sorriso aberto para a câmera.

— É, eu sou Flamengo doente, admito. Se o Flamengo perde, eu sofro muito. Meto a cara na cachaça....

— E se o Flamengo ganha?

— Meto a cara na cachaça, também.

O espaço é pequeno para os corintianos. Umas 10 mil pessoas. Na tela focaliza-se João desdobrando a imensa bandeira que se armará na arquibancada.

Depois do hino, o jogo começa.

— A paixão do brasileiro por futebol é a maior do mundo. Hoje, nosso *Rio Sampa Show* mostra o confronto Corinthians e Flamengo. Tem 22 em campo, mas são milhões os envolvidos nas duas cidades — diz Fredo para a câmera. — O jogo já começou e o Corinthians está perdendo de um a zero, aos 20 minutos do primeiro tempo. Vamos ver como estão os terreiros dos candomblés.

Palmira caminha pela periferia de São Paulo. Para ao lado do despacho.

— Isso — aponta — é pra segurar o Flamengo hoje. Tem trabalho em todo lugar. Os mesmos santos trabalham pros dois?

A cena se amplia e vemos ao lado o religioso negro, de branco, roupa e cabeça.

— Isso vai dos donos do terreiro. No meu não se faz trabalho de futebol — diz o pai de santo, com cara de reprovação.

Garrafa de marafo, farofa de incrementos, flores, doces, charuto e fósforo. Tudo em um prato arranjado com guardanapo de rendas brancas.

Os dois torcedores entram no ar pouco depois do jogo. O Flamengo venceu por dois a um. Encharcados de suor e tensão, portando bandeiras como armas, olham-se, como cavaleiros medievais. João e Trajano, ao lado de Fredo.

— O programa *Rio Sampa Show* vai premiar quem disser por que é torcedor com a frase mais convincente. Dou 10 mil reais pra melhor definição.

Ambos se olham, depois para Fredo, mas o silêncio continua.

— Então, ninguém quer tentar ganhar essa grana?

Trajano estica o braço e apanha o microfone.

— Sou Flamengo no corte em minha pele — diz, erguendo o braço e raspando-o contra uma reentrância do mastro. O sangue escorre. — Sangue vermelho em pele negra.

O auditório explode em aplausos.

— Lá no Nordeste, eles disseram: "Vai pra São Paulo e te chamam de baiano, não importa onde nasceu... E de corintiano, não importa que time é o teu." Fiquei puto e feliz. Não sou baiano, mas de Imperatriz, e corintiano até o fim — disse João, rimando como os cordelistas.

Fredo dividiu o prêmio com o assentimento da plateia. O programa terminou com o auditório cantando junto com os convidados o hino dos dois times.

***

Os meses seguintes foram de absoluto domínio do programa de Fredo. Não só seus índices eram altos como as atrações rendiam cobertura na mídia ampla e positiva. O SpyCam era comentado em todo o país, e imitado, embora sem o brilho técnico de *mister* Wilson. O período eleitoral se aproximava e Jesus Bianco chamou Fredo.

— Há um dever a cumprir — disse o velho, esboçando uma feição dura. — A gente pode ajudar a eleger ou derrotar qualquer candidato. O *Rio Sampa Show* pode fazer isso. Cabe a nós saber quem ajudar e quem detonar.

— Tenho preferido não me envolver — respondeu Fredo —, embora Sartori vá me cobrar alguma coisa. Talvez uma entrevista sobre sua origem carioca.

— O Sartori não tem chance de chegar lá. Mas não tem nada demais em ajudá-lo. Só que eu estou falando de outra coisa, Fredo. O SpyCam pode acabar com o Bueno. Isso é um trabalho a ser feito. Precisamos livrar o país do perigo de eleger um radical como ele.

— Mas... O que ele tem a esconder que a gente possa revelar?

— Sei lá. Alguma coisa deve ter. Ninguém é santo. Uma mulher... Podemos plantar uma mulher irresistível no caminho dele.

— Não sei, Jesus... Não sei se quero me envolver em política pra valer.

— Não se trata de querer, Fredo. Estamos sendo convocados para agir. Recebi ordens de esmagar Bueno.

— Ordens? E de quem?

— Do governo, rapaz. Precisamos do governo ao nosso lado. Se eles quiserem complicar as coisas pra gente, podem.

— Está me dizendo que estamos sendo chantageados pelo governo pra ajudar no desmonte da oposição?

— A palavra é forte: chantagem. Você é pró-Bueno?

— Não se trata disso. Não sou pró ninguém. Sou do bloco do eu mesmo.

— Vamos ajudar o governo e eles serão gratos. Prometo a você que vamos ganhar com isso. Põe as câmeras do SpyCam na cola do Bueno e vamos ver o que conseguimos.

— Vou preparar a produção, em sigilo absoluto. Vamos ver o que é possível. Mas sem armação. O que surgir a gente pega.

— Vamos começar sem apelação, Fredo. Acho que não é necessário, mas temos que estar preparados pra tudo.

Fredo saiu da sala de Jesus descontente. Tinha horror a política.

* * *

Marcantônio Bueno, surgido apenas dez anos antes, preocupava os políticos conservadores. Ameaçaria o estado de coisas. Opunha-se ao projeto econômico majoritário, alinhado ao liberalismo econômico, ao consumo desenfreado e a todos os interesses adjacentes. Era sensível à situação do desemprego e da fome, incorporados ao projeto político do atual governo como males necessários.

Marcantônio Bueno era homem alto, de aparência agradável, filho da elite. Um acidente ideológico o inclinara à esquerda. Argumentava bem, era de difícil contestação. Desentendera-se com os fisiológicos do partido de origem e acabara por fundar a própria legenda. Era carioca da gema e vivia num grande apartamento, na avenida Vieira Souto, em Ipanema, separado de Estela Briante, argentina com quem viveu durante 12 anos. Tiveram três filhos.

Sem muitas dificuldades, instalaram dez câmeras em sua casa. Monitoraram até o banheiro de Bueno. Absolutamente nada de extraordinário foi detectado. Trepou algumas vezes com a namorada Cintia, jovem e bonita jornalista. Mas não foram além do comportado papai e mamãe.

* * *

Fredo foi chamado na sala de Jesus novamente. Antenor estava presente à reunião.

— Precisamos de resultados, Fredo. Alguma coisa deve ser feita. Vamos enxertar um fato novo naquela casa.

— O quê, Jesus? Diz: o quê?

— Algo que choque a família brasileira.

— A família não se choca mais, não tão facilmente — disse Fredo, odiando aquilo: a conspiração, para ele, era inútil.

— Vamos colocar um travesti lá dentro. Aconteça o que acontecer ele vai ter que explicar tal excrescência humana em sua casa — disparou Jesus.

— Ele chama a polícia se sentir a armação, e o travesti pode nos denunciar — retrucou Fredo.

— Vamos pegar alguém à prova de polícia. Você consegue alguém, Antenor. Houve um tempo em que você gostava de transexuais e viados em geral.

— O que é isso, pai?

— É verdade. Arruma um travesti que mantenha a boca fechada e consiga um caso com o Bueno.

— Eu, pai?

— Você. O futuro da nação depende de nós, meu filho.

Fredo olhou para o outro lado da sala, rindo da expressão desconsolada do filho do dono.

* * *

Amelise, aliás Alceni, era um raro travesti com traços masculinos quase imperceptíveis. O corpo não era volumoso, nem os pés grandes. Sua anatomia de linhas suaves, miúdas, fazia-o parecer menina-moça, mais do que garota de programa. O rosto moreno, triangular, e a boca de traços regulares terminavam por fazer de Amelise um belo travesti. Fizera carreira prostituindo-se com homens ricos. Seu início foi com o namorado cafetão, mas clientes a procuraram diretamente e não se deixou mais explorar. Recebia no próprio apartamento, na avenida Atlântica. Antenor fora seu cliente. Pagava mil dólares cada vez que se encontravam. O valor incluía a discrição de Amelise. Na proposta da armadilha para Bueno, ela farejou em que estava se metendo e pediu 10 mil. Antenor reclamou, sem sucesso. Acertaram ainda que uma penetração de Bueno valeria uma bonificação de mais 10 mil reais.

* * *

Fredo e Celine casariam em maio. A festa foi pensada para ser inesquecível, e para isso Celine se encarregava do mundo empresarial, político e artístico. Uma lista de 2 mil nomes abarrotaria a capela da Fonte da Saudade, em frente à residência de

Fredo. A recepção seria no Clube da Lagoa. O evento foi calculado em 500 mil dólares. Fredo desejava causar inveja. Todos comentariam seu sucesso sob qualquer ponto de vista.

* * *

Marcantônio Bueno chegou em casa, na madrugada, após uma longa reunião no diretório do partido. Ao acender as luzes, surpreendeu-se com a presença de Amelise sentada em sua poltrona predileta, onde uma lâmpada direcional convidava à leitura. As longas pernas cruzadas, apetitosa como fruta madura.

— Olá — disse ela sorrindo, como se fosse absolutamente natural encontrá-la ali.

— Quem é você?

— Amelise, bem. Fui enviada para atender aos seus mais secretos desejos.

— Enviada?

— Amigos — disse Amelise, e se ergueu numa pose vulgar.

— Meus amigos não fazem esse tipo de surpresa. Prefiro acreditar que foram os inimigos.

Amelise balançou o corpo, como cantora de cabaré.

— Você é desconfiado. Sempre há a primeira vez.

— Te dou um minuto pra sair do apartamento ou eu chamo a polícia e você vai ter que explicar como entrou aqui.

Amelise deu dois passos para a frente, e Bueno, dois para trás.

— Não foge, bobinho, não foge do prazer...

Amelise avançou e caíram embolados no sofá. Bueno empurrou-a para o lado.

— Contratou tem que pagar — gritou o travesti, mudando de tática. — Que história é essa?

Bueno apanhou o telefone.

Amelise sacou uma lâmina de barbear da bolsinha e cortou levemente o pulso, deixando um fio de sangue tingir sua pele clara, depois esfregou o braço no sofá de couro branco desenhando rubras figuras abstratas.

— Você quer me matar, seu assassino — gritou.

— Alô, uma viatura aqui na avenida Viera Souto, 167, cobertura. É uma tentativa de assalto.

Amelise despiu o vestido pela cabeça e desfilou seminua, cortando levemente também o outro pulso.

— O mundo vai saber: você pega viado e depois tem chilique.

Bueno desligou o telefone e cruzou os braços, olhando para Amelise.

— Acho bom você se vestir. Seja quem for que tenha te mandado, errou feio.

— A polícia vai acreditar que você me contratou pra um programinha e depois, quando descobriu meu pau entre as pernas, desistiu. É típico de bofe novato.

— Vamos ver quem se sai melhor.

— Você não sabe o que está perdendo, bem. Sou uma foda deliciosa.

— Não se aproxime.

— Que medo do prazer, puxa vida.

O interfone tocou.

— Estão aí.

— A polícia? Tão rápido? — A voz de Amelise denunciava sua decepção. Sentou numa pose estudada, a cabeça baixa.

Bueno abriu a porta e um homem alto e magro, de botas, calça jeans, camisa colorida e gravata, entrou, arma em punho.

— O que houve, doutor?

— Cheguei em casa e essa... essa pessoa estava na minha sala.

— Mentira. Fui contratada pra um programa, e quando a gente chegou aqui ele descobriu que sou travesti.

O policial caminhou calmamente até Amelise, que mantinha a cabeça baixa. Agarrou seus cabelos e ela gemeu. A bofetada no rosto jogou-a no chão.

— Ai, malvado, não esculacha.

— Opa, calma, policial, sem violência — interferiu Bueno.

— Conheço o tipo que corta os pulsos, doutor. Isso precisa é de porrada — disse o homem, enquanto chutava Amelise. — Quem te mandou aqui?

— Ai, desgraçado.

O policial fez menção de chutar de novo.

— Para com isso, chega — gritou Bueno.

— Viu, Bueno, é assim que a polícia trata quem não tem muito dinheiro — disse Amelise choramingando.

O policial a puxou pelo braço em direção à porta.

— Vou deixar a joia na carceragem e ela vai cantar tudo direitinho. Boa-noite, doutor.

— Boa-noite. Não bate mais nele não.

— Pode deixar.

A porta se fechou e Bueno ligou para Luis Meire, secretário do partido.

* * *

Fredo e o advogado, Moraes.

— Perdão pela hora, mas a encrenca é grossa — ruminou Moraes. — Amelise contou para a polícia que foi mandada pelo nosso canal.

— É a palavra dela contra a nossa.

— É. Mas descobriram as câmeras instaladas no apartamento do deputado Bueno.

— E como podem provar que são nossas?

— Bom, vamos deixar as câmeras para eles?

— O que é menos oneroso? Entregar as câmeras ou enfrentar o processo?

— Dúvida difícil.

— São dez microcâmeras. Cada uma custa 3 mil dólares. Trinta mil. É. Melhor esquecê-las.

— O advogado do Bueno disse que vai provar que fomos nós.

— Você acha que ele tem chance?

— Acho que vai ser difícil.

— Certo. Agora vou precisar que você saia — disse Fredo.

— Desculpa. Até logo.

Fredo respirou, não gostava de burocracia jurídica. Tocou o telefone.

— Alô.

— Oi, Fredo — cumprimentou Tom —, soube que deu errado a campanha do Bueno.

— Psssiu. Não se fala isso por telefone, Tom. Sei lá se não está grampeado. Vem até aqui — sussurrou.

Dois minutos depois entrava Tom.

— Estamos sem atração principal para terça. Era o Bueno. Mixou. Nosso olheiro na produção de *Um Socorro Já* informou de um soldado homossexual apaixonado pelo sargento. Vai dar o que falar.

— Quais são as alternativas?

— Temos um número de fuga. O sujeito é colocado na caixa de cimento e jogado no mar. Sai em 2 minutos.

— Número de fuga? O que mais?

— Estamos com as câmeras na casa de um cara que veste as roupas da mulher quando fica sozinho. É o que se chama *crossdresser*.

— E quem autorizou?

— A esposa. Diz que se ele ganhar 200 mil pra comprar um apartamento, ela o perdoa.

— Essa é boa. Será que o cara segura a onda ao vivo?

— Acho que sim. Está louquinho pra assumir — disse Tom sorrindo.

— Faz o convite, então.

O telefone tocou. Fredo atendeu com um alô casual, até ouvir a voz preocupada de Antenor:

— Soube do mico com o Bueno. Precisamos resolver isso.

— Melhor não falar por telefone.

— Você está sugerindo que estamos grampeados?

— Se nós grampeamos a casa das pessoas, por que não podem grampear nossas linhas?

— Tá certo. Sobe aí.

— Estou numa reunião de pauta.

— É uma ordem, Fredo... Do meu pai.

— Daqui a pouco estou aí — disse Fredo, e desligou. Voltou-se para Tom: — Escala o *crossdresser*. Preciso ir até o Antenor. Ele está com saudades de encher o meu saco.

Pegou o casaco na cadeira e saiu.

***

— Temos que ridicularizar o Bueno. Essa é a ordem. Nós temos poder de liquidar a reputação de qualquer um. Concorda?

— O seu agente não obteve êxito; em vez disso, arranjou um prejuízo de 30 mil dólares — disse Fredo a Antenor com enorme prazer em chamar a sua atenção.

— Pois use outro agente. Escolhe você agora.

— Não sei por que devo me preocupar com isso. Que importância tem pra mim se esse ou aquele chegar à presidência? Não sou político.

— Você está enganado, Fredo. Somos homens de comunicação. Precisamos que o executivo seja nosso.

— Pois bem. Não sei como atingir o Bueno. Mas vou pedir a Tom que tenha alguma ideia. Contente?

— E rápido. Temos que dar conta de liquidar o Bueno antes que ele chegue à liderança.

— Vou fazer o possível — disse Fredo, saindo.

— Me comunique sobre o que estiver fazendo. Até logo.

***

Fredo estacionou o jipe em frente ao prédio de Mirinha, na Gávea. O porteiro sorriu. No elevador procurou a chave, e chegando ao andar se dirigiu para a porta do apartamento 403 como quem entra na própria casa. Na verdade, era sua casa. Ele pagava tudo ali, do condomínio às roupas da moradora. Fredo mantinha a amante havia seis anos. Chegava a passar mais de um mês sem visitar Mirinha, mas sabia que ela estava lá, a postos, aguardando o seu homem-patrão.

Quando ele entrou, a moça surgiu na porta do quarto e sorriu. Vestia um penhoar longo, transparente. Amante à moda antiga.

— Se lembrou de mim?

— Estou precisando daquela massagem, Mirinha, que só você sabe fazer.

A mulher, de 30 anos, pele clara e olhos grandes, havia sido secretária de Fredo. Afastada do escritório, passou a ser reservada para uso íntimo.

Ele ficou nu, estendido na cama de casal. Mirinha iniciou a lenta massagem.

— Preciso destruir um homem, Mirinha. A sua reputação. Como é que eu faço?

— Que coisa feia. Precisa destruir alguém? Por quê?

— Isso é o que menos importa.

— Não pergunta pra mim.

— Por quê?

Ela continuou a massagem, calada.

— Você se acha imune? Eu te ordeno. Me mostra como se destrói um homem.

Ela ignorou a ordem, tratando-a como apenas capricho. Ele sentou na cama. Cravou os dedos em seus ombros.

— Ou você descobre um jeito de destruir o homem ou... Ou vai perder a vida boa.

Apanhou a cueca no chão e a vestiu, devagar.

— O que é isso, Fredo? O que eu tenho a ver com destruir alguém?

— Você tem tudo a ver. O seu pescoço é que está na guilhotina. O nome dele é Marcantônio Bueno.

— O deputado Bueno? Eu até ia votar nele.

— Põe tua mufa pra funcionar, Mirinha. Se conseguir... São mais alguns anos de vida boa. Do contrário, adeus.

Vestiu a calça e foi enfiando os mocassins e a camisa. Saiu. Ela o acompanhou, atônita, até a porta. Depois, a sós, começou a chorar; empurrou a porta, primeiro devagarinho, e então a fez bater num estrondo.

* * *

O homem parece intimidado pela intensa luz do estúdio. Caminha vacilante em direção a Fredo, que sorri, como lhe é de hábito durante as gravações.

— Aproxime-se, Antônio.

Estende a mão para o participante, que retribui com um aperto frouxo.

— Temos aqui alguns vídeos do SpyCam. Você sabia que estava sendo gravado pelo nosso sistema de monitoramento intensivo?

— Minha mulher falou na semana passada — responde ele em tom baixo e sem olhar para o interrogador.

— E o que você achou da ideia, Antônio?

— Achei que certas intimidades minhas poderiam se tornar públicas.

— Mas veja bem, Antônio, se você não quiser, nada vai ser mostrado.

Antônio baixa a cabeça.

— Você quer ver, junto com o Brasil, as cenas gravadas?

Antônio permanece calado, apenas balançando a cabeça.

— Responde, Antônio.

— Minha mulher quer que eu ganhe o prêmio, Fredo.

— Ah, foi a sua mulher que fez você vir aqui?

— Foi, Fredo.

— Dona Jacy está no auditório... Onde está dona Jacy?

A câmera focaliza a mulher de Antônio, sentada com uma grande bolsa no colo.

— Boa-noite, dona Jacy.

A mulher sorri e acena com a cabeça.

— Vamos assistir ao primeiro vídeo gravado. Roda.

As imagens, à meia-luz, mostram o quarto de casal, de mobiliário simples. Antônio mexe nas gavetas de um armário.

— O que você estava procurando aí, Antônio? — Fredo pergunta, sem resposta do investigado.

Na tela, Antônio examina um vestido, segura as alças da peça sobre si, faz um trejeito, gira em frente ao espelho.

— O vestido é da sua esposa, Antônio? — Sem resposta, Fredo insiste na direção da plateia: — É seu o vestido, dona Jacy?

Antônio tira as calças, na tela, e veste a roupa da esposa. Faz novos trejeitos.

— Está bem. Acabou de ganhar 50 mil reais. Só continua se quiser.

Close em Fredo falando para a câmera.

— Eu vi todo o vídeo. É deprimente. Nós não estamos aqui para humilhar ninguém. Mas também não podemos impedir o candidato de ganhar os prêmios. Você sabe o que fez, Antônio? Quer continuar?

— Gravaram mais? — Antônio sorri sem ambição.

Fredo se aproxima e cochicha ao ouvido do sujeito.

— Acho que já chega — diz Antônio.

— Mostra tudo! Vamos levar os 200 mil — grita dona Jacy, em pé junto ao palco.

— Dona Jacy quer mostrar tudo... Por 200 mil, vale a pena... Você é que sabe, Antônio.

— Ela é quem manda, Fredo.

— Então vamos ver o que Antônio fez com as roupas de dona Jacy.

No vídeo, acelerado, Antônio troca várias vezes de vestidos, veste as calcinhas da esposa sobre as cuecas, se maquia, experimenta sutiãs e sapatos de salto em poses sensuais diante do espelho.

Close no rosto de Antônio. Flagrante da lágrima.

— Ganhou. Leva 200 mil reais.

Dona Jacy sobe ao palco e abraça o marido.

— Vamos ouvir o psicanalista e sexólogo Alcides Prates, nosso convidado a opinar.

Close no macilento rosto do especialista, de queixo quadrado e ar um tanto blasé.

— O *crossdresser* é um travesti que não tem, necessariamente, um componente homossexual. Pode ser apenas o impulso por vestir a roupa do sexo oposto. Em princípio o desvio pode terminar aí.

— Pois é, Alcides, mas pra mulher não deve ser mole chegar em casa e encontrar o *maridão* de saia. Concorda?

Fredo foi informado pelo ponto eletrônico que o programa terminara num pico de 35 pontos de audiência.

***

Neil José levara o número de fuga da caixa de cimento a *Um Socorro Já*, conseguindo, no pico de audiência, empatar na guerra de índices do dia. A atração havia sido ideia da produção do *Rio Sampa Show*. Isso denunciava vazamento da informação discutida nas reuniões de pauta.

— Nós temos dois grandes adversários. A nossa incapacidade de conseguir as melhores atrações e, depois, a nossa incapacidade de manter sigilo — disse Fredo, lenta e pesadamente, aos assistentes de produção. — O Tom vai receber qualquer informação que leve ao alcaguete que passou a nossa atração para o rival. E essa pessoa será sumariamente demitida.

A reunião de produção terminou com a ameaça flutuando sobre a equipe do programa. Fredo ficou a sós com Tom.

— Quero monitorar os movimentos de Celine. Vamos fazer um programa especial com o meu casamento. A Câmera Espiã estará presente nos melhores momentos da festa, na emoção dos bastidores, nos preparativos da noiva. Vamos faturar com as bodas de princesa. Vai dar um grande programa. Vou casar ao vivo.

O telefone tocou. Tom estendeu o fone para Fredo.

— Alô. Sim, sou eu. Pode falar. Exagero. Não sei do que está falando. Para responder preciso consultar meu advogado. Bom-dia.... Bom-dia... — Virou-se para Tom após encerrar a ligação. — Chama o Moraes, vamos ter problemas. O travesti Amelise levou uma dura na delegacia e se enforcou na cela. Mas fez o favor de deixar uma confissão assinada.

— Sacanagem.

— Manda o Moraes ao gabinete do Antenor.

A tática do adversário gerando problemas fez Fredo exultar.

***

O suicídio de Amelise ganhou as manchetes. Sucessão presidencial mais reality shows mais poder da família Bianco. O jornal *Tribuna da Imprensa* anunciou: MORTE NA PRISÃO ELEVA

A TEMPERATURA DA SUCESSÃO. Amelise confessou que Antenor era seu amante, disse que inclusive agenciava travestis adolescentes para o magnata da mídia. E os fatos também indicavam complô da família Bianco para afastar Bueno da corrida presidencial. Havia, porém, o lado positivo: a audiência do *Rio Sampa Show* cresceria ainda mais.

— Não tem jeito. Nosso próximo programa tem que tocar no assunto Amelise — decretou Fredo, na presença de Jesus Bianco. — É melhor que a cobertura seja nossa, assim podemos defender posição. Vamos jogar Amelise no ar. Era bonita. Vai render ótimas imagens.

— Mas as câmeras foram apreendidas, Fredo — cortou Mariana freando o entusiasmo do diretor de programação, empolgado em prejudicar ainda mais a situação de seu marido.

— Ora, isso não é momento para hipocrisia. Antenor deve ter imagens de Amelise...

— Caralho, Fredo. O que você está dizendo? — reagiu Antenor.

— Estou dizendo que não podemos recuar. É o momento de tirar proveito do azar. Usamos as imagens como se tivessem sido compradas no mercado negro. Vamos mostrar Amelise como um pervertido, mentiroso e não confiável...

Ficaram em silêncio.

— Existem essas imagens, Antenor? — inquiriu Jesus.

— Eu não tenho. Mal conheci Amelise, mas acho que posso conseguir com os rapazes — resignou-se Antenor.

— Acho tudo muito perigoso — ajuntou Mariana. — Isso pode se virar contra nós.

— Perigoso agora é ficar na defensiva — rebateu Fredo. —
Se as fitas chegarem às nossas mãos até amanhã, preparo uma
edição de arrepiar.

A reunião terminou com a percepção da absoluta superioridade dos argumentos de Fredo.

***

— O nome dele era Alceni. Alceni Cruz de Almeida — diz a
velha, desdobrando a certidão de nascimento de Amelise, que
se desfaz pela ação do tempo. — Ele começou com isso de querer ser mulher quando tinha 12 anos. Apanhou de cinto, apanhou muito, mas não adiantou nada. Se maquiava, prendia bola
de meia pra fingir peitinho. Logo arrumou amante barbado. Pro
que não presta, tá assim de gente querendo...

As palavras da mãe cobrem as imagens do menino Alceni
na tela. Logo ele aparece no Carnaval, com seios e largas coxas
de mulher desejável.

— Com 16 anos saiu de casa. Foi morar com um sargento
da PM, que expulsou mulher e dois filhos pra colocar meu filho na própria cama. Coisa boa ele não arrumava.

Fotos de Amelise no jornal aparecem na tela, entre travestis
adolescentes que eram vendidos à elite da zona sul.

— Ele começou a aparecer de carro, roupa boa, deu dinheiro
lá pra casa. Meu marido aposentado, ganhando mixaria... Acei-
tamos a ajuda.

Amelise no Canecão, assistindo a um show do Cauby com
a mãe e o pai. Na foto ela posa de vestido longo, justo, sensual.
A cara do pai é de constrangida aceitação.

— Não sei se usava drogas. Mãe é sempre a última a saber. Mas mãe tem a sabedoria do coração. Aqui, no peito, eu sabia que ia acabar mal.

Últimas fotos da matéria: Amelise no Carnaval abraçada a dois fisiculturistas, seminua, sorrindo.

A voz em off de Fredo cobre as imagens de Amelise entre amigos na praia, fazendo topless.

"Afinal, Amelise se matou ou foi morta? Um travesti bonito como ela, jogada numa cela com quarenta vagabundos. Virou amante dos mais fortes. Fez sexo com todos de alguma manei-ra. Era biscoito fino, de gente importante, e acabou comida de preso. Triste fim. Mas fica a pergunta: matou-se ou foi morta?"

— Temos aqui o depoimento de Astrojildo, ex-namorado de Amelise. Como você vê o caso, Astrojildo?

Nas imagens, Amelise estaciona um Peugeot em frente à boate gay Le Boy, em Copacabana.

— Eu a amei, sinceramente, Fredo. Não sei o que vai ser da minha vida sem a Amelise — diz o rapaz, voz embargada.

— Principalmente porque ele te sustentava, não é mesmo? — Fredo ri, junto com a plateia, da cara de espanto de Astrojildo.

— Como assim, Fredo?

— Você não é um conhecido gigolô de homossexuais no posto seis?

Ele faz menção de responder alguma coisa, mas Fredo faz um gesto de assentimento.

— Fica tranquilo. Está tudo bem. Atenção, São Paulo. Quem é o mais belo travesti de Sampa? Queremos saber.

A assistente leva Astrojildo. O índice do ibope bate em 39 pontos.

* * *

Na sala de produção, Fredo ergueu os braços. Tom veio para o abraço, comemorando o nível de audiência. A matéria do travesti mantivera uma média de 35 pontos.

— Travesti morto dá audiência — disse Fredo rindo.

A assistente alcançou um celular tocando.

— É a Palmira.

— Oi, querida. Diga.

— Oi, Fredo. Peguei o tom: travestis. Tô com a equipe na rua. Vamos levantar o lance dos travecas meninos, que é a grande tara da burguesia paulista. Eles são importados do Nordeste pra desfilarem em mansões paulistanas.

— Ótimo. Manda instalar o SpyCam.

— Estamos com falta de equipamento. São 75 câmeras instaladas em vários pontos. Vai faltar pros travecas — informou Palmira, empolgada.

— Envio pela ponte aérea. Em uma hora vão estar aí. Vinte câmeras pra você.

— Combinado. Estou no aguardo.

Fredo desligou o telefone e estalou os artelhos.

— Ouviram? Precisamos mandar microcâmeras pra Sampa.

Fredo adiantou-se à própria ordem. Apanhou o molho de chaves de Tom sobre a mesa e abriu o armário de aço. Foi retirando o material e colocando-o sobre a mesa.

— Essas aí estão lacradas — disse Tom. — Não foram checadas as imagens ainda.

— Bom, então descarrega e recarrega pra poder mandá-las. O que há nelas?

— Essas aí?

— É.

— Essas vieram ontem da... Da casa da dona Celine.

— Ah, são essas? Deixa que eu checo.

— Não prefere que o editor selecione o material? — sugeriu Tom.

— Não. Minha noiva deve aparecer em cenas íntimas. É melhor que eu mesmo escolha as imagens.

Fredo entrou na sala de edição. Tom foi junto.

— Será que você está preparado pra ver essas fitas?

— Preparado? Pra ver a minha noiva em casa?

— Essa é a segunda leva. Da primeira eu selecionei as imagens que interessavam. Havia muita intimidade dela.

— Pois é. Por isso mesmo eu quero ver.

Na primeira fita, Celine apareceu com as amigas na sala. Ela mostrava os vídeos da viagem que fizera ao Oriente.

— É um estranho poder, Tom. Estamos dentro da casa de quem quisermos. Precisamos estar preparados.

— O que foi que você viu, Tom?

— Essas fitas eu não vi ainda.

— E nas outras?

— Você mesmo vai ver.

Fredo avançou a fita. A luz da casa foi mudando. O dia caiu inteiramente. Celine sentou na sala e pegou o telefone. O som não era inteiramente audível.

— A que horas é isso?

Tom deu um peteleco num botão verde: 20:22.

— Eu estava com ela ao telefone. Não dá pra aumentar o volume?

Tom interferiu na operação novamente e a conversa dos dois surgiu, clara.

"Quer sair? Tenho um convite para um coquetel no consulado do Japão" — ouviu dizer sua própria voz. "Vou ficar em casa hoje. Dormir cedo. Estou um pouco amolada" — respondeu Celine.

— Ela está vestida pra sair, Tom. Por que a mentira?

"Amanhã a gente se fala", continuou Celine.

— Essas coisas são engraçadas. Coisa de mulher...

"Tchau, amor, vem direto pra cá amanhã...", diz a voz ansiosa de Fredo, e desliga.

Os minutos seguintes mostraram Celine folheando uma revista, falando ao telefone com uma amiga, chegando até a varanda. Fredo foi avançando a fita. O relógio do vídeo dando o horário de gravação: 21h18. Nesta hora ela se levantou e foi até a porta. Sandro entrou. Abraçou Celine. Um longo abraço, e a mão afagando a pequenina bunda.

— Me deixa sozinho, Tom...

Fredo pôde assistir quase uma hora de sexo da noiva com o amigo, Sandro Piantelli. Teve o ímpeto de quebrar a ilha de edição, mas se conteve. Celine parecia uma atriz de filme pornô. Ajoelhou-se no sofá e gemeu bastante durante a longa penetração de Sandro. Finalmente, ele desligou o vídeo, guardou as fitas na pasta e saiu da sala de produção sem olhar no rosto de Tom, que aguardava do lado de fora.

***

— Os meninos travestis são especialmente preferidos pelos cultores do gênero. Podemos até dizer que eles estão na moda. Vamos entrevistar Rogério, ou Vanessa, como ele gosta de ser chamado. Aos 13 anos, está na prostituição, em São Luís, no Maranhão, desde os 11. Chegou a São Paulo na terça passada para alimentar o mercado em expansão de garotos travestis.

Corte; a imagem sai do close de Palmira Lima para o recorte em silhueta de Rogério.

— Então, Rogério, o que você está achando de São Paulo?

— Grande. Grande demais.

— Já conseguiu algum cliente?

— O meu amigo Inácio diz que a minha agenda tá cheia.

— Quem é Inácio?

— Ele cuida de mim. Faz tudo pra mim.

— Ele também faz sexo com você?

— Não. Foder ele não fode. Ele gosta de homem.

— E você, Rogério, gosta de quê?

— Eu sou Vanessa. *Vanessa*. E gosto de homem também.

— Qual é o seu sonho, Vanessa?

— Meu sonho é casar. Como o de toda menina, não é?

Na sala de produção, Fredo satisfeito:

— Vamos editar essa matéria. A Vanessa é bonita. Precisamos conseguir algum material dela em ação — disse Fredo.

— Veio material desse tipo — respondeu Tom. — Mas está muito pesado. Vamos ter problemas.

— Joga no ar, joga no ar — gritou Fredo, agitado. — Temos advogado pra quê?

* * *

A antessala da produção, como de costume, estava lotada de pessoas à espera de oportunidade. Todos tinham bilhetes de apresentação e books fotográficos. Havia gente para todo gosto: meninas muito novinhas querendo fazer carreira como modelo, moças de meia-idade sem mais chance de "estourarem", mas ainda tentando manter a imagem em aparições esparsas, rapazes esperando qualquer papel que os colocasse na telinha.

Fredo olhou-os e eles retribuíram sorrisos de esperança e desejo.

— Vocês duas aí. Fazem o quê?

— Eu sou atriz — disse uma delas, moreninha, usando uma calça de cintura baixa que deixava à mostra a marca do biquíni.

— Eu sou modelo — disse a outra — lourinha falsa, bonitinha. Pelos descoloridos. — E você aí? Perguntou Fredo para um jovem de músculos bem definidos, moreno, de olhos tímidos.

— Sou modelo e... Quero ser ator...

— Tá bom. Vocês três podem vir comigo.

Saíram para o estacionamento do prédio. A distância, Fredo acionou a trava do Mercedes.

— Ei, está indo já? — gritou Tom.

— Estou. E levando um pessoal pra testes. Podem entrar no carro. Já vou — disse para os jovens.

Tom se aproximou e falou baixo:

— Viu se não tem menor aí?

— E se tiver, o que é que tem?

— É bom ver. Elas estão louquinhas pra meterem um processo num cara como você.

— Isso é tudo putinha de bastidor. Fica tranquilo.

Logo depois o Mercedes atravessou os portões, balançando levemente com os felizes passageiros.

***

"Marcantônio Bueno, o Bueno da Esquerda, deu entrevista hoje alertando as autoridades que as câmeras encontradas em sua casa, em número de dez, são equipamento altamente profissional e seguem as normas padrão do quadro SpyCam, atração do programa *Rio Sampa Show*. Bueno diz que não está acusando ninguém, mas considera muito estranho que tais equipamentos tenham sido encontrados em sua casa sem que se apresente o dono para resgatar material tão caro. O suicídio do travesti que invadiu seu apartamento, segundo ele, é outro sinal de que muita coisa não está esclarecida."

Moraes desligou a tevê e se voltou para Antenor.

— Esse cara pode incomodar ainda. É bom ficar de olho.

— Temos é que dar um jeito de afastá-lo da eleição. Mas como?

— Está certo — interferiu Jesus. — Mas isso não é assunto para o Moraes. Obrigado, Moraes.

O advogado saiu. Ficaram na sala Antenor, Jesus e Mariana.

— É incompetência do Fredo não conseguir detonar o Bueno.

— Não diga isso, meu filho. A última tentativa foi um fracasso, e foi sua. Não é tão simples, e Fredo é o que tem o nosso melhor quadro.

— Mas ele não é da nossa família, Jesus... — completou a nora. — Precisamos manter o máximo de controle... Sabe como é: difícil de ganhar, fácil de perder — resmungou Mariana.

— Até o momento ele é nossa grande atração. Sem ele a tevê quebra — rebateu Jesus, encerrando o assunto.

Mariana se calou. Antenor serviu-se de mais uma dose.

***

O apartamento da Lagoa deslumbrou Neco, Janda e Clara. A decoração extravagante e a multiplicidade de objetos comprometiam o bom gosto, mas encantavam os jovens. Fariam qualquer coisa para viver num lugar como aquele. Neco ficou apreciando a escultura indiana, de Jade, exibindo enorme falo, cheio de veias e detalhes realistas. Janda debruçou-se na varanda sobre a paisagem luminosa. Clara foi com Fredo até o bar para um drinque. Ele pediu para ver os seios da menina, que os expôs prontamente. Fredo chamou os outros, que fingiram não notar o gesto de Clara.

— Quero ver os corpos, gente. Podem tirar a roupa. Fiquem à vontade. Preciso dar um telefonema.

Fredo saiu da sala.

— Será que vai rolar uma suruba, meninas? — perguntou Neco.

— Sei lá — respondeu Clara. — Se ele quiser me comer pra ajeitar minha vida... Tô dentro.

— Será que ele gosta de homem? — especulou Neco.

— Tem jeito não. Ouvi falar que ele é espada — argumentou Janda.

— O que rolar vai ser legal. Ele é o homem que manda. Estamos com Deus.

Logo Fredo saiu do quarto usando um roupão de seda curto. Amarrado frouxamente, pelos movimentos de seu corpo se podia notar que estava nu sob a peça.

Abraçou Clara por trás. Ela tirara quase toda a roupa. Vestia apenas uma tanga mínima.

Fredo foi até o bar e serviu três copos com bastante scotch. Jogou umas pedras de gelo a esmo e estendeu um copo a cada um.

— Bebam. Pra desinibir. Hoje vamos ver se vocês são artistas de verdade.

Fredo serviu, por fim, um copo para si, cheio até a borda. Deu dois grandes goles. Foi até Janda e arriou sua saia num movimento único. A menina apenas sorriu. Depois voltou-se para o rapaz:

— Deixa ver essa rola... Como é mesmo seu nome?

— Neco.

— Tira logo a cueca, Neco.

O rapaz foi timidamente se despindo.

— Pequeno, para um rapaz tão sarado — disse Fredo olhando o pênis de Neco. — Não acham, meninas?

Elas riram.

— Não fiquem pensando que sou viado. Não. Quero que o Neco dê conta de uma amiga minha, insaciável, que vem aí daqui a pouco. Se você conseguir satisfazê-la, está contratado. Enquanto isso nós vamos fazer a nossa brincadeira ali do lado. Psiu... Barulho na porta. Chegou nossa convidada.

Celine entrou na sala. Ao ver os jovens nus, girou o corpo. Ia sair, mas Fredo avançou, surgindo por de trás de um enorme vaso, e se pôs à frente dela.

— Vai aonde, meu bem?

— Você está liberado pras suas festinhas, Fredo, mas não me convide. Sou de outra casta, não dá pra perceber?

— Cadela. Você é uma cadela insaciável. Neco, vem até aqui.

Neco se aproximou em passos lentos.

— Cadê o pau em ponto de bala? Endurece essa pica, cara — ordenou Fredo.

— Você bebeu? Vou fingir que não estive aqui.

Celine tentou contornar a passagem obstruída pelo noivo, mas ele agarrou o braço dela e a jogou sobre o sofá.

— Fica aí, cadela de luxo, que o Neco vai te atender aqui. Ou não? Você é boiola, Neco? Não sobe a coisa?

— O que está acontecendo, Fredo? O que houve?

— O que houve? Quer beber alguma coisa?

— Não. Só quero saber o que houve com você, com a gente...

— Com quem você ficou em Casablanca, Celine?

— Eu estava sozinha.

— Ainda não conseguiu? — perguntou Fredo, voltando-se para Neco, que, sentado numa poltrona, tentava a ereção se masturbando.

— Eu estava sozinha, Fredo! Que loucura é essa?

— Mentira. Vamos pro quarto. Nós todos.

— Eu vou embora, e quero ver você me manter aqui contra a minha vontade.

Fredo puxou uma pistola do bolso do robe.

— Mantenho você aqui o tempo que precisar. Você não vai arriscar sua linda vida de vagabunda falida.

— Você está fora de si, Fredo...

— Todos pro quarto!

A procissão dos cinco seguiu para a suíte. Ele passou o braço sobre Clara.

— Está tremendo, minha cabritinha. Não precisa ter medo. Agarra o meu pau um pouquinho. Vou te mostrar, Celine, que só tenho ejaculação precoce com você. E agora não corro mais esse risco, porque não vou mais trepar com você.

— O que fiz de errado em Casablanca, querido?

— Fez o que tem feito sempre aqui. Sandro te come regularmente, enquanto eu pago as tuas contas. Colocamos o SpyCam na sua casa pra flagrar os seus momentos finais de solteira. Em quarenta horas de vídeo vocês treparam cinco vezes. Um recorde.

— Vocês me filmaram? Traição! Isso é que é traição, e não dar umas trepadinhas aqui ou ali, com esse ou com aquele.

— Pronto. Estou de pau duro. Vem, Clara, vem pro meu colo.

Clara sentou-se sobre o pênis de Fredo.

— Não vou ficar aqui pra assistir a isso...

— Fica, vagabunda. Fica vendo o teu ex-macho trepar como um garanhão...

Celine saiu do quarto. Ouviu-se a porta bater.

— Pronto. Sou livre novamente. Vem, Janda, vem pra farra também. E você, Neco, não precisa se preocupar mais com ereções. Ela já foi embora.

Fredo alternou penetrações nas meninas durante duas horas. O gozo não veio. Por fim, desistiu. Os quatro dormiram amontoados na cama de casal.

***

— Hoje vamos mostrar, direto de Sampa, o desafio dos travestis meninos. Nossa repórter Palmira Lima instalou a Câmera Espiã no quarto de Vanessa, um traveca de 13 anos que recebe clientes em apartamentos de luxo da região dos Jardins. Homens da melhor sociedade paulista pagam até 500 reais para usufruir do menino por duas horas — anunciou Fredo.

Um quarto grande. Vanessa deitada na cama de casal, meio de lado. Uma mancha na tela censura o rosto do transformista. Logo um homem entra em quadro. Usa casaco e gravata, mas seu rosto é obscurecido.

— É um executivo paulista. Homem de posses — vai narrando Fredo, enquanto ouve os índices de audiência subirem pelo fone de ouvido.

O homem tira a roupa lentamente, depois senta na cama e começa a falar com Vanessa. Sua voz é distorcida no microfone. "Vira, filha, vira pro papai ver o teu rabinho..."

— Veja, Brasil. O tarado ainda recheia o seu ato desprezível com a fantasia de que vai manter relações com a própria filha. Que mundo é esse que estamos vivendo?

"Isso, assim...," diz a voz distorcida do homem. "Deixa eu ver o pinto, filha, deixa..." Vanessa vira-se e o homem geme, depois abaixa a cabeça sobre a genitália do garoto.

— Mas o que é isso, distinto público? Essa, Sampa ganhou. Tenho que admitir que aqui no Rio ainda não gravamos nada assim. O cara está praticando sexo oral no traveca adolescente. É muita tara.

Fredo ouve pelo fone que o juiz da infância e adolescência ligou, ordenando que retirem as cenas do ar.

— Só com mandado. Censura de boca não aceito — diz Fredo para a produção. — Estão querendo censurar nosso programa, prezados espectadores... Mas eu não saio do ar. O que precisa ser censurada é essa realidade espúria. Vamos combater o crime, não quem o denuncia.

Fredo fechou o programa com 45 pontos.

* * *

Os editoriais e a crítica dos grandes jornais foram unânimes em condenarem o show. Os anunciantes, porém, grandes cadeias de alimentação, tinham consciência de que seu público majoritariamente não lia jornais, muito menos editoriais, portanto não havia ameaça a suas imagens institucionais. Fredo explicou isso na reunião extraordinária, convocada devido às reações ao baixo nível do *Rio Sampa Show*.

— Isso aqui é assim mesmo, gente. O povo quer a verdade. As elites é que precisam fantasiar que tudo é um mar de rosas. Mas o povo quer o drama e a comédia. É assim desde Aristóteles — defendeu Fredo.

— E se tirarem nosso canal do ar? — opôs Mariana.

— Temos que ter bons advogados. A lei vai estar do nosso lado. Liberdade de expressão, liminares, as chicanas da lei.

— Você viu o que disse o Charmiel?

— Caguei pro que disse o Charmiel. É um intelectual frustrado. Há anos quer que alguém adapte pra tevê aquelas histórias horrorosas dele... Falou onde? Num blog?

— É. Uma crônica. Eu não li não, mas recebi no clipping da agência — disse Antenor com o papel na mão.

Fredo apanhou o texto da mão dele.

— Leia para nós — sugeriu Jesus Bianco, cortando a ponta de um charuto.

— O quê?

— Leia para nós, alto, para todos apreciarem... Algum problema?

— Não. Nenhum. É grande. Vou ler partes; as picantes — concordou Fredo, rindo. Depois se empertigou para a leitura.

— "...a telinha de tevê, espelho da sociedade brasileira, retrato de nosso cotidiano e orientadora maior das emoções, desejos e verdades de nosso povo, viveu, na noite de quarta-feira, um de seus mais aterradores momentos. A degradação que parecia impossível, aconteceu. O programa *Rio Sampa Show*, que se vende como confronto entre as duas maiores e mais evoluídas cidades brasileiras, desceu aos porões da precariedade humana ao mostrar uma criança pervertida pela sociedade saciando as taras de um pervertido maior..." E por aí vai...

— Lê mais — pediu Jesus.

— Pega os melhores trechos — incentivou Antenor.

— Esse cara é um despeitado. Se julga o dono da verdade, mas vamos lá. Adiante ele diz: "O sexo oral no menino, embora sugerido entre sombras, foi ao ar às dez horas da noite, quando muitos outros meninos que não são 'travecas' como o apresentador gosta de chamar o infeliz pervertido, estavam assistindo à programação. Quem defenderá nossos filhos desse quadro?" Esse é o preço do sucesso, senhores — refletiu Fredo, como conclusão. — Preparem-se pois vem mais por aí. Cada ponto de audiência vai gerar uma nova cascata de presunção moral.

— Se não recebermos reprimendas palacianas, tudo bem. Enquanto estiver em nível de juiz de menores, vamos ignorando... — Jesus lançou fumaça para pontuar suas palavras.

— É por isso que precisamos acabar com o Bueno. O governo vai ficar eternamente grato a nós, e não seremos mais incomodados — destacou Antenor.

— Farei o possível, mas não é a minha área — disse Fredo, erguendo-se. — Bom, vou indo porque o trabalho me chama.

Apanhou a sua pasta e dirigiu-se a Jesus. Mão estendida. O grande homem apertou a mão de seu mais competente contratado.

— Você tem razão, Fredo. Estou com você. — E acrescentou, quase ao seu ouvido: — Mas tenha cuidado.

Fredo saiu da sala contente.

***

Ao entrar em casa, Fredo viu o abajur de leitura aceso. Só pôde ver a pessoa que estava sentada sob ele quando deu alguns passos além do espelho do hall. Reconheceu o perfil do rosto de Celine. A revista se fechando e a cabeça se voltando.

Ele a amava. Mas bastava fechar os olhos para lembrar das imagens de Sandro cavalgando a ex-namorada. Pensara até em encomendar a morte dos dois. Espantara-se com a ideia.

Ela ficou de pé em frente a ele.

— Pode ir. Deixa a chave na mesa.

— Não há diálogo possível?

— Não.

— Eu te amo, Fredo. Com Sandro foi só sexo.

— Não, Celine. Foi sexo e sacanagem. Ele estava contigo em Casablanca. Enquanto a gente trepava pelo telefone, você devia estar sentada no pau dele. Não é verdade?

— É. Mas era só um pênis. Meu pensamento estava com você.

O tapa no rosto a fez cair sentada no sofá.

— Se bater ajuda, bate. Eu mereço. Mas não me deixa — choramingou Celine.

Fredo aplicou sucessivas bofetadas em ambas as faces de Celine. Um fiapo de sangue no canto da boca, outro no supercílio. Seguia batendo enquanto ela gemia. Arrancou as roupas dela, rasgando cada peça. Quando a viu nua, teve ereção e ejaculação imediatas. Beijou e lambeu os cortes no rosto dela.

— Você está proibida de transar com amigos, seus ou meus. Vou fazer um tratamento. Enquanto isso não acontece, vou te conseguir os teus amantes. Anônimos. Não podemos dar bandeira, querida.

Ela apenas balançava a cabeça, aceitando tudo. Mas o julgava um inocente. Como podia imaginar que alguém, de fato, se importasse com a vida conjugal deles?

Dormiram abraçados na rede da varanda até o sol lavar a manhã.

* * *

A revista *Caras* deu capa para o casamento de Fredo e Celine entre outras publicações do gênero. Os dois mil convidados foram recebidos nos salões do Clube Lagoa, num coquetel que custou 200 dólares por pessoa. Celine, realmente linda, vestia seda branca enlaçada por uma faixa folhada a ouro. Fredo usava um Valentino, cortado especialmente para ele. Mesmo não sendo um homem bonito, aparentava certa elegância, que só era quebrada quando se associava sua figura ao apresentador do *Rio Sampa Show.*

O casamento foi tema do programa, e muitos outros enlaces, gravados nas duas cidades, confrontaram estilos de se casar no Rio e em São Paulo.

Embarcaram para 48 horas no Orly, o hotel mais caro de Paris. Fredo ejaculou, precocemente, em três ocasiões na lua de mel. Chorou, amaldiçoou-se, tomou um porre de champanhe. Ele agora sabia que a mulher necessitava de sexo de verdade, e que ele não poderia satisfazê-la.

Escolheram morar no apartamento de Celine, na avenida Vieira Souto. Fredo investiu 1 milhão de dólares em reformas estruturais. O apartamento da Lagoa continuou sendo seu, reservado para os momentos de privacidade.

O casal distribuiu cartões para todos os amigos com o novo endereço.

***

Uma semana após a lua de mel, Fredo recebeu um telefonema de Mirinha, sua amante oficial. Não a via desde o ultimato amalucado, quando pedira alguma coisa contra Bueno. Havia sido apenas um rompante irresponsável.

— Consegui. Tenho certeza de que tenho como pegar o Marcantônio Bueno — disse a voz irritante de Mirinha. Fredo tinha esquecido do fato e demorou alguns instantes para fazer as devidas associações.

— Shhh. Isso não se fala por telefone. Passo amanhã na sua casa.

— Precisa ser já. Hoje tem coisa.

— Está bem. Vou lá às seis.

— Até. Um beijo, amor.

* * *

Mirinha estava empolgadíssima.

— Comecei a seguir ele. A gente vê muito nos filmes e acaba aprendendo. Eu segui o cara por todos os lugares aqui do Rio. Ele viaja muito, e aí não dava. Mas aqui no Rio eu o segui. Então, comecei a verificar que ele frequenta uma casa no subúrbio. Um casarão. Antigo. Em Bangu. Aí rondei lá. Podia ser família. Podia ser amante. Mas é uma velha e a sobrinha. A menina tem uns 20 anos. Acho que ela é amante dele. Ou alguma coisa assim. A velha conversa um tempão no quarto com ele. A sobrinha participa. Às vezes só ele e a velha.

— Como é que você ficou sabendo disso tudo?

— Vi um anúncio pedindo copeira e me apresentei. Fui aceita. Mesmo sem referências. E trabalho lá faz uma semana.

— Você trabalha como copeira?

— É claro.

— E vai trabalhar no seu Fiat do ano?

— Claro que não. Vou de táxi e desço um quarteirão antes.

— Tudo pra não perder a mesada.

— O quê?

— Nada. Esquece.

— Você disse que estou fazendo tudo pra não perder a mesada que você me dá. Ingrato.

Fredo a abraçou. Beijou.

121

— Já que você está dentro da casa, leva as câmeras do SpyCam. O nosso técnico de externas vai mostrar como você as esconde.

— Você não acredita no meu amor?

— Acredito, querida... Acredito.

— Mesmo agora que você casou com aquela perua da sociedade?

— Mesmo agora.

Beijaram-se novamente e aos beijos foram para a cama. Com Mirinha, Fredo não sofria de ejaculação precoce.

***

Foram colocadas dez câmeras dentro da casa de dona Marta Gerval de Moura, que Marcantônio Bueno frequentava de modo discreto, fugindo dos jornalistas. As câmeras, mínimas, disfarçadas de objetos que Mirinha pegara da casa, foram distribuídas pelos principais ambientes de modo a que pudessem registrar tudo o que acontecesse no local.

— Incrível como a mídia, perseguindo Bueno todo esse tempo, não havia chegado a essa casa — disse Tom durante a reunião de pauta.

— Um repórter de O Globo disse que a casa é de uma tia dele. Que morreu todo mundo próximo e só sobrou essa tia que ele visita. Eles já fizeram campana lá e não deu em nada — informou Lucas, da produção do Rio Sampa Show.

— Bom, não temos nada a perder — afirmou Fredo.

— E é estranho que um cara que está disputando a eleição presidencial fique trancado com uma velha durante horas e horas toda semana. Aí tem — opinou Tom.

— Será que ele é tarado em velhas? — sugeriu Lucas.

— Tem doido pra tudo. Vamos descobrir já, já. Que poder que nós temos, hein? — Fredo sorriu. — E o que mais pra semana?

— Tá chovendo viadinho querendo aparecer. Travesti de tudo quanto é idade. Você gosta? — perguntou Tom, sorrindo, a Fredo.

— Eu tô fora.

— Pois é o que mais tem. Mas a Palmira vai arrebentar lá em Sampa com um círculo de gastrônomos que come até vomitar.

— E por aqui?

— Nada muito novo. Uns caras estão dando a volta ao mundo de jipe. Japoneses e americanos. E um bungee jumper quer se lançar da ponte Rio-Niterói. Ah, e tem um cara aí que quer colocar a gente em contato com o crime organizado. O Comando Vermelho e o Terceiro Comando, esse pessoal aí.

— O que você acha?

— Pode render umas boas matérias. Ele diz que coloca toda a estrutura na nossa mão: como é, quem é, como foi que se formou e tal.

— Marca uma hora com ele aqui. Vamos conversar.

— É pra já?

— Você escolhe. O bungee jump é mais espetáculo — opinou Fredo, antes de terminar a reunião e deixar a sala.

***

— Sabe, Marco, é difícil dizer como eles vão tentar te impedir de chegar lá, mas pode ter certeza que vão. São muitos os interesses. Muitas as fortunas que se faz todo dia à custa desses acordos...

A voz de Marta era um fiapo, mas os microfones das três câmeras colocadas no quarto por Mirinha, disfarçadas de cinzeiro, vidro de loção e um exemplar do código penal, conseguiam captar cada palavra. Sentado a seu lado, Bueno, que ela tratava por Marco, ouvia.

— O Brasil não tem tradição de assassinatos políticos, apesar de João Pessoa e Pinheiro Machado. Há quem diga que JK, Goulart e Castelo Branco foram mortos, será verdade? Em todo caso, acho que você corre risco...

Marta aparentava uns 80 anos, mas poderia bem ter 90. Sua pele crispada, seus olhos cor de amêndoa, claros e ainda brilhantes contrastavam a idade provecta com o entusiasmo das palavras.

— Os teus inimigos são todos os que conseguem os grandes contratos do governo, as contas de propaganda, os construtores de obras desnecessárias e intermináveis. Teu pai foi uma grande lição pra mim. Com ele descobri como é que pensa a direita. Nós costumamos subestimar as elites, elas nos parecem ignorantes, desinformadas... Mas resta saber o que é importante na informação. A filosofia não interessa à direita, nem a história... Essas disciplinas são coisas de esquerdistas. A direita prefere fazer a história a refletir sobre ela. Teu pai zombava dos meus livros. Dizia que tinha tão pouco valor quanto peso de papel velho...

Bueno acompanhava atentamente o longo monólogo da velha, sem interromper, curvado, como se ouvisse os conselhos fundamentais de um mestre.

— Ele só queria saber quem tinha poder sobre quem. Ele dizia: Não há homem poderoso no mundo que não tenha além de si, alguém. Se você souber quem é esse que manda em quem te interessa, terá tudo. É claro que isso não é para se levar ao pé da letra, mas é real. Alguém fala ao ouvido de quem nos interessa...

As câmeras colocadas em posições que tinham a cama como ponto de convergência permitiam que a edição do material fosse perfeita. Os lábios da velha Marta estavam sempre em sincronia com a imagem. Fredo foi se encantando com a fluência da mulher.

— O candidato que interessa a esse sistema precisa ser confiável. Ser confiável para um sistema como esse quer dizer não ser confiável. Alguém que não tenha rabo preso em vários níveis não interessa. Aquele que não tenha ambições econômicas pessoais, que não deseje arrumar a sua vida para sempre, não serve. Que candidato é esse que não pretende usufruir do cargo? Não é humano? Não é possível confiar em quem é confiável, porque ser confiável não é a regra, é a exceção...

A velha calou-se. Durante algum tempo Bueno a fitou. Depois beijou seu rosto e saiu do quarto.

— Magnífico material, estranhíssimo. Quem será essa velha? — perguntou Fredo, que assistia as fitas editadas com Tom.

— Pelo que conseguimos levantar, inclusive com informações de Mirinha, é que a velha era amiga do pai de Bueno, que era um grande empresário. Há quem diga que era também um dos maiores trambiqueiros do país.

— Você acha que podemos chamar Bueno para fazer uma entrevista e exibir o material? — quis saber Fredo.

— Acho que sim. A dúvida é, primeiro, se ele vai aceitar, e depois, se isso vai contra ou a favor dele.

— Essa segunda questão é a mais pertinente.

— O que fazer?

— Vamos levar o material pro conselho. Eles é que decidam. Tom tirou a fita do drive e a entregou a Fredo.

* * *

Antenor convocou uma reunião extraordinária do conselho da rede. Sem Jesus Bianco, porém, que naquela semana estava "perdendo umas fichas" em Las Vegas, como ele se referia a suas escapadas até o centro de jogatina nos Estados Unidos. Mariana, Antenor e Fredo sentaram em torno da mesa, além de um tal de Mateus, apresentado como assessor político. Assistiram juntos ao vídeo. Depois, silêncio.

Antenor acendeu um cigarro, Fredo foi até o bar e não encontrou Buchanan's. Chamou o garçom e o mandou buscar em sua sala.

— Bem, talvez o Mateus possa abrir a reunião comentando o que acabamos de assistir — começou Antenor.

— Tudo bem — disse Fredo. — Estou de acordo, só gostaria de saber mais sobre o senhor Mateus. A função de assessor político é pouco para minha compreensão plena.

— Bem, Mateus foi indicado por amigos meus de Brasília. Pedi um homem para nos ajudar no cerco a Bueno. Certo, Mateus?

— Certo. Quer dizer, sou formado em Economic Politics, por Yale, e assessoro o governo na área de LEPFE. — Mateus sorria.

— E o que é exatamente LEPFE?

— Linguagens Específicas Para Finalidades Eleitorais. É um conceito novo, mas bastante eficiente.

— Ok. Prossiga — disse Fredo.

— Bem, numa primeira análise do discurso da senhora... da senhora Marta, Podemos inferir um profundo ressentimento com os segmentos elitizados da sociedade. Esse discurso vem embalado, digamos assim, num conteúdo histórico de fundo tipicamente marxista, com resquícios do confronto ideológico que nasceu na Revolução Francesa. Há denúncia de uma suposta corrupção endêmica que alimentaria o golpismo contra qualquer alternância de poder. Creio que é isso que pode ser retido numa primeira leitura.

O garçom chegou com o uísque de Fredo. Ele bebeu a dose num único gole.

— Desculpa, Mateus, mas vai longe meu tempo de política estudantil. Creio que precisamos definir uma postura. Você é contra ou a favor de apresentar essa porra na tevê?

— Bem, lançada ao grande público transforma-se em matéria de apelo populista — explicou Mateus.

— E aí?

— Aí vocês correm o risco de encontrarem méritos na argumentação. O povo sempre acha que existe corrupção. Talvez o povo possa concordar com dona Marta e, por tabela, com Bueno.

— Quando o povo acha que existe corrupção, não está longe da verdade — disse Fredo sorrindo.

— A nós não interessa, Fredo, que haja corrupção ou não — disse Antenor, voz irritada. — O que importa são as verbas publicitárias. Elas que pagam a sua retirada de quase 500 mil por mês.

— Muito desagradável que você declare os meus ganhos na frente de estranhos.

— Desculpa. Você me tira do sério com essa mania de criticar o governo.

— Bom, afinal, a que chegamos? — perguntou Mariana, querendo desfazer o clima conflituoso. — O que você acha, Mateus? Vai ao ar ou não vai?

— É muita responsabilidade. Mas o meu voto é não.

— Por quê? — quis saber Fredo.

— Bem, pessoas com muita idade e carisma, caso da senhora Marta, têm credibilidade junto ao público. Isso pode alavancar ainda mais a candidatura de Bueno — concluiu o assessor de Brasília.

— Então está decidido. Não vai ao ar — disse Antenor, apagando o charuto e se levantando da mesa. Caminhou até Fredo com a mão estendida.

— Desculpa, novamente, Fredo. É o calor do debate.

— Tudo bem. Mais grave é você acabar uma reunião dizendo "não vai ao ar". O programa é dirigido por mim. Só quem pode dizer "não vai ao ar", sou eu.

— É mesmo, Fredo? Você ouviu mal a fita da velha. Devia ouvir de novo. Lá ela diz: "sempre existe alguém acima de nós". Eu estou acima de você, e te digo: a fita não vai ao ar. Ponto final.

Antenor olhou seu relógio.

— A que horas o helicóptero ficou de passar?

— Daqui a duas horas.

— Liga pra ele. Quero ir logo pra Angra. Enchi o saco.

Fredo saiu da sala sem se despedir. Antenor subiu para o terraço. Mariana perguntou o que havia sido acertado com o assessor: ele respondeu que 10 mil por hora. Ela pediu, então, que ele por favor passasse no caixa.

***

Fredo desceu com a respiração pesada; podemos dizer que bufava. A arrogância de Antenor era uma pressão constante. Entrou na sua sala em direção a uma nova dose de Buchanan's. Logo entraram Tom e o inglês.

— Menezes volta para os domínios da rainha amanhã — disse Tom, sorridente.

— Grande Menezes — saudou Fredo. — Vamos manter contato. Você vem no Carnaval?

— Talvez, *señor* Fredo. Parece que vamos instalar SpyCam no África meridional.

— Ótimo. O mundo precisa de câmeras espiãs. Em todos os lugares.

Ouviram o rumor do helicóptero pousando dois andares acima.

— Como foi lá com o Antenor?

— Ele vetou o vídeo da velha.

— Sem ver?

— Não. Assistiu. Chamou um burocrata das ideias, lá de Brasília. O cara ajudou a vetar. Só que desta vez não vai ficar assim.

— O que você está planejando?

— Ir ao ar com o material. Vamos chamar Bueno e propor a ele a participação no programa. Vamos estourar o ibope. Podemos fazer isso com os outros candidatos também — disse Fredo entusiasmado.

— Tem que ser rápido, então.

— Liga pra ele. Marca uma entrevista. Menezes, almoça com a gente hoje? Aqui no restaurante da emissora?

— *Non* poder, *mister* Fredo. Tenho namorada para visitar... último dia.

— Arrumou uma moreninha?

— Como?

— A *black girl, ok*?

— *Yes*. Como sabe?

— É normal, Menezes. Apenas normal.

— Bueno na linha 2, Fredo.

— Alô, Bueno? Aqui é Fredo Bastos. Tudo tranquilo. Precisamos conversar... não... relaxa... vamos conversar... estou certo de que você vai sair ganhando desse encontro. Daqui a uma hora no Porcão, ok? Certo.

Fredo desligou e ergueu os punhos em sua saudação habitual. Depois abraçou Menezes, que não percebia o acontecido.

— Vou mostrar pra esse idiota como é que se faz televisão.

Fredo trouxe o que sobrara do Buchanan's e serviu em três copos para celebrar sua iniciativa.

***

Diante de um prato de carnes variadas, que ia de porco a peixes e crustáceos, devorando minuciosamente cada naco, Fredo ouviu os argumentos, indignados, de Bueno.

— Incrível. É absolutamente ilegal você colocar câmeras dentro da casa de alguém sem que essa pessoa saiba, gravar tudo que acontece lá e depois propor a exibição ou não. O crime já foi praticado. Houve a gravação, as palavras de Marta foram registradas. Posso ir para os tribunais.

Fredo parou de comer, limpou a boca com o guardanapo branco e sorriu.

— Bem, as fitas estão em nosso poder. Não há provas. Mas isso é irrelevante. Você pode usufruir de grandes benefícios para a sua candidatura contando no ar como conheceu e como se dá essa amizade com a senhora Marta. Veja, lá fora estão fotógrafos e jornalistas tentando imaginar por que um cara como eu almoça com um cara como você. Somos dois expoentes junto ao povo. Se você conseguir atingir o meu público estará eleito.

— Há certa pretensão em seu raciocínio.

— Não. Você tem penetração fraca entre a classe média baixa ignorante, que é o meu público. Essa gente é preconceituosa, e eu posso ajudá-lo a romper essa barreira. — Bueno pareceu considerar a questão por um momento.

— Eu vou saber exatamente o que vai ser perguntado?

— Claro. Combinamos tudo. Vejo que você está começando a gostar da ideia.

— Vou conversar com meus assessores.

— Você também tem assessores para LEPFE?

— O que é isso?

— É uma sigla: quer dizer Linguagens Eleitorais Para... sei lá.

— Desconheço. Meus assessores olham a questão sob os pontos de vista mais variados, do público, dos segmentos etc...

Duas meninas se aproximaram com guardanapos de papel. Queriam o autógrafo de Fredo.

***

A vida de casado com Celine mostrou-se agradável, embora monótona. Ela fazia questão de manter certa pompa aristocrática quanto a empregados uniformizados e à arrumação da mesa. Todo dia havia convidados para o jantar ou o almoço. Pessoas que Fredo nunca vira eram-lhe apresentadas como importantes personalidades do mundo da moda ou das finanças, ou simplesmente do espaço mundano da sociedade. Socialites olhavam para Fredo com divertida curiosidade, como se ele fosse um animal em extinção, ou o contrário, como o que sobreviveria quando eles próprios fossem extintos. As mulheres eram magras, com sorrisos permanentes obtidos por meio de plásticas e enchimentos de todo tipo. Nenhuma delas provocava qualquer desejo em Fredo. Uma das empregadas é que lhe causou uma ereção ao encontrá-la seminua na área de serviço. A mulher trocava de roupa e foi flagrada por Fredo, numa de suas andanças na madrugada em busca de gelo. Sentiu que poderia ter possuído a mulher ali, mas preferiu se abster.

O seu gasto mensal subiu em cerca de 50 mil reais com a mudança para o apartamento da Vieira Souto. Ele se via nas colunas sociais, em open houses promovidas por Celine. Era, agora, reconhecido como um homem da sociedade.

Fredo não tinha propriamente amigos que pudesse convidar a sua casa de família. Suas relações eram de trabalho. O primeiro convite que fez, estranhamente, foi a Bueno, para acertarem os últimos detalhes do programa. Ele chegou, por acaso, na mesma hora que um velho aristocrata, amigo do pai de Celine. O homem, vestido com um blazer azul-marinho, com uma orquídea na lapela, pele e mãos finíssimas, trazia nas mãos um arranjo de rosas para a visita de cortesia. O encontro dos dois homens naquele endereço da Vieira Souto pareceu, a ambos, estranho. O velho aristocrata representando tudo o que Bueno pretendia varrer da vida do país, e o candidato, a sombra que ameaçava o mundo simbolizado pelo outro.

— Marcantônio Bueno? Conheci seu pai. Ele já morreu?

— Sim. Faz dois anos agora em julho.

— É. Ele era safadinho... — disse o velho, formatando um sorriso.

— Era mesmo.

Quando a porta se abriu, os dois entraram conversando. Fredo e Celine receberam seus respectivos convidados e se dirigiram para diferentes ambientes do amplo apartamento.

Fredo e Bueno sentaram na varanda. Um garçom veio imediatamente recolher os pedidos.

— Não se impressione. Casualmente me apaixonei por uma mulher da sociedade. Mas eu mesmo sou de Belenzinho.

— Eu, ao contrário, como você deve saber, sou de origem empolada, por parte de mãe. Meu pai era um duro que deu o golpe do baú.

— É o que consta no seu dossiê — disse Fredo apontando uma pasta sobre a mesa.

— É um relatório a meu respeito? Posso ver?

— À vontade.

O garçom trouxe sucos de frutas e aperitivos enquanto Bueno lia o dossiê e sorria, às vezes.

— É. Não é totalmente falso — disse, por fim, jogando os papéis sobre a mesa.

— Tem alguma informação errada?

— Digamos que falsamente orientada. Não fui do Partido Comunista. Fui simpatizante. Qualquer militante da minha idade passou por isso. Mas fui trotskista, portanto em oposição ao PC.

— Foi? Não é mais trotskista?

— Fui. É muito difícil permanecer "trosko" no mundo em que vivemos.

— Bem. Não cheguei a ler Trotski. Mas vamos ao nosso assunto. Você recebeu o e-mail com as perguntas. Concorda com elas?

— Vou vetar apenas as de caráter estritamente pessoal. De que importa saber se me masturbo? Ou se já tive relações homossexuais?

— Para o eleitor específico... Estabelece uma postura.

— É. Mas vou vetar.

— Tudo bem. O que mais?

— A pergunta sobre o que pretendo fazer em caso de rebelião dos militares com minha eleição... É provocativa. Melhor não mexer com eles.

— Está certo. Vamos gravar na próxima terça?

— Vamos.

Celine entrou na varanda, pediu licença e sentou ao lado dos dois.

— Rafael conhece a sua família. Falou muito de seu pai, e de sua mãe, que ele conheceu também.

— É verdade. Ele me viu garoto....

A tarde morna foi caindo, enquanto os improváveis parceiros conversavam na varanda, no décimo andar do suntuoso prédio. O barulho do mar era a trilha sonora do encontro.

* * *

Neil José entrevistou um escravo que durante dois anos comera apenas lesmas cozidas na água e sal. Trinta e cinco pontos de audiência.

— Vamos dar um jeito de mandar a SpyCam para uma fazenda dessas — disse Fredo, furioso com o sucesso do adversário.

— É perigoso. Eles têm guardas armados — argumentou Tom.

— No interior de São Paulo dá pra achar escravos?

— Podemos filmar os sem-terra, o que você acha?

— Depois de entrevistar o Bueno, se fizermos os sem-terra, vão nos chamar de comunas — zombou Fredo.

— É verdade. Mas podemos fazer uma matéria contra.

— Melhor uma neutra. Cada um que tire as suas conclusões.

— Não existe matéria neutra — rebateu Tom.

— É verdade.

— Telefone pra você. Linha 2.

— Alô. Fredo falando.

— Alô. Fredo Bastos? Aqui quem fala é Simão Wisermann. Lembra de mim?

— Me ajude.

— Sou advogado do Esperidião. Nos conhecemos num almoço com o Andrade... em Miami.

— Claro, Simão. Lembrei agora. Cabelos vermelhos, olhos azuis...

— Isso. É bom fisionomista.

— Você há de convir que não são muitos os de cabelos vermelhos... Mas, o que manda?

— Tenho um cliente que precisa de um encontro. Tomei a liberdade. O nome dele é Paulo Brito.

— Sim? E quem é Paulo Brito?

— Bom. Encurtando a conversa, ele representa um fundo de investimento com 1 bilhão de dólares para injetar no Brasil nos próximos cinco anos.

— É mesmo?

— É.

— E o que ele quer comigo?

— Não estou autorizado a adiantar o assunto, mas posso lhe assegurar que eles querem rechear sua conta bancária.

— Isso é que eu chamo de ir diretamente ao assunto sem dizer nada — comentou Fredo, rindo.

— Então?

— Vamos marcar pra próxima semana?

— Ok.

135

— Na quarta às 15 horas. Aqui no meu escritório?

— Meu cliente prefere um lugar neutro.

— Sugira.

— O meu escritório. Avenida Rio Branco, 10, sala 4.014.

— Marcado.

Fredo desligou e atendeu Palmira, em São Paulo. Enquanto falava com sua repórter pensava que dinheiro chama dinheiro, e no que exatamente isso queria dizer.

**

Na primeira cena, Bueno estaciona o carro. Casa antiga de Bangu, muros altos, cercada de jaqueiras e mangueiras. Seu Balbino abre o portão. Trabalha com Marta há trinta anos, informa Bueno no estúdio; a câmera o segue. Aceitou participar da reportagem com tranquilidade.

— Aqui eu vinha brincar, quando garoto. Meu pai me deixava entre as árvores e ia conversar com Marta. Havia um cachorro, que morreu, o Tuma... Era Tuma, Balbino?

— Tuna — corrige o velho, sorrindo com sua dentadura branca para a câmera.

Entram pela porta de serviço, cruzam a cozinha, de ladrilhos verdes. Cheia de apetrechos pendurados.

— Sempre me deu a ideia de uma cozinha pra muita gente, embora aqui dentro eu só tenha visto dona Neném, que também está com Marta há muito tempo. Quanto, dona Neném?

— Vinte e oito. Dois menos que o Balbino.

— Estão aqui os dois, servindo a Marta todos esses anos. Sabem coisas que eu ignoro. Viram tanta gente aqui... Quem a senhora viu, por exemplo, dona Neném?

— Iiii, tanta gente. O Luis Carlos Prestes veio várias vezes aqui.

— O Prestes era amigo de Marta. Quem mais?

— Muita gente. O doutor Niemeyer....

— É. A Marta sempre se deu com uma certa elite...

Sobem a escada de madeira, rangente como era de se esperar, puída no piso da passadeira, verniz desgastado. Chegam ao primeiro andar e entram no quarto.

— Marta vai nos receber no quarto. Ela não sai daqui faz muitos anos. Bom-dia, Marta.

— Bom-dia, Bueno.

— A senhora não sai do quarto desde quando?

— Você sabe.

— Mas estou perguntando para que os espectadores saibam.

— Tudo pela candidatura, não é, meu filho? Se não fosse pra te ajudar na eleição eu não permitiria isso.

— Não vamos poder falar em eleição, Marta, senão o Tribunal Eleitoral vai chiar.

— Está bem. Mas quem diria que seu pai teria um filho que se projetaria assim?

— Era pouco provável que ele tivesse um filho com algum valor?

— Não. Ele era um homem de valor. Apesar de um caráter difícil; alguns diriam péssimo.

— A senhora sabe que uma das minhas missões aqui é esclarecer para o público por que eu frequento a sua casa. Conte como foi sua relação com meu pai.

— Agora posso falar, não é? Sua mãe está morta. Virgílio também. Ela sabia de mim. Sempre soube. Eu e seu pai fomos amantes por 34 anos. Desde o dia seguinte ao dia em que o conheci até cinco anos antes de sua morte, quando teve sua última ereção.

137

— Bem, a explicação chegou aos pormenores. E por que uma mulher de esquerda, como a senhora, foi ter uma relação tão longa com um homem de direita, como meu pai?

Marta ajeita-se na cama, arruma fios de cabelo que lhe caem sobre a testa e fala, em close:

— Homens e mulheres podem ter um nível de afinação que ultrapassa medidas ideológicas, sociais, raciais, ou de qualquer tipo. Seu pai era um canalha, oportunista e ladrão, mas tinha um enorme "appeal" com as mulheres. E eu era jovem. Além da questão meramente sexual, ele agradava com sua conversa feita de uma cultura oportunista, pode me entender? Ele só reunia informações que pudessem servir para seduzir mulheres ou alavancar negócios. Morreu rico e com uma coleção de amantes. Éramos, no auge da pujança dele, em cinco. Todas tiveram filhos, menos eu. Sempre temi gerar um monstro como ele. Vê como a gente se engana. Ele participou da feitura de uma pessoa como você. Foi só pra que eu mordesse a língua...

Corte para o estúdio ao vivo.

— Furamos toda mídia, e temos Marcantônio Bueno aqui no estúdio conosco. Depois de improvisar, brilhantemente, como repórter, ele vai nos falar de sua formação. Bueno, entre.

A cortina do palquinho ao fundo se abre e surge Bueno, sorridente.

— Boa-noite, Fredo.

— Então, revelamos afinal que dona Marta é uma antiga companheira de seu pai. Mas ele tinha muitas amantes, por que essa o marcou tanto?

— Bom, por duas razões: primeiro, era a única que me aceitava, sendo filho da esposa legítima, e segundo porque ela me mostrava o outro lado das coisas. Falava mal de meu pai sem contudo ofendê-lo como progenitor... E foi minha orientadora política.

— Certo, Bueno. Aí é que temos a surpresa. Gravamos com a SpyCam algumas conversas que você teve com Marta sem que vocês soubessem. Vamos assistir a alguns trechos selecionados.

O quarto em penumbra. Marta e Bueno tomam café lentamente, em silêncio.

— Se você chegar lá... — começa a dizer a velha.

Silêncio de quase um minuto.

— Diz... — pede Bueno.

— Lembre que é uma honra que exige doação. Existem outras formas mais fáceis de ficar rico e famoso, e mais seguras também. Se você chegar lá, lembre que só a doação, um profundo interesse em melhorar as coisas pra todo mundo, e não só para os de sempre... Só essa doação vai fazer com que a sua glória futura seja duradoura... Do contrário, nada... Nome de uma avenida, e de quem ninguém, daqui a cinquenta anos, vai saber nada. Isso vale alguma coisa? Você deve lutar pela verdadeira glória... Ninguém faz nada pelos outros...

Corte para o estúdio.

— Essa última afirmativa dela não contradiz o que ela falou antes, Bueno?

— Não, Fredo. Ela quis dizer: se vai fazer por você de qualquer jeito, faça pelos outros que sua honra será maior. Afinal, quem faz a glória terrena são homens. Certo?

— É. Claro.

Pelo ponto eletrônico, Fredo soube que Antenor estava assistindo ao programa em Búzios e mandava tirá-lo do ar imediatamente.

139

— Está certo, Bueno, vamos ter que chamar São Paulo, com Palmira Lima, que tem uma informação extraordinária. Quer dizer alguma coisa para o nosso público. Estamos nesse momento com cerca de 20 milhões de espectadores assistindo atentamente a você, Marcantônio Bueno...

— Quero agradecer, e dizer que, ao chegar lá, seguirei os conselhos de Marta. Obrigado.

— Certo, estúdio São Paulo. Estão nos devendo um candidato paulista. Parece que tem dois. Palmira tem hoje uma surpresa. Um santo em Vila Belém. Isso mesmo. O cara pra fazer milagre não paga imposto.

Corte para a casa humilde, de fundos. Palmira abre caminho entre a fila de romeiros.

PARTE III

O encontro seguinte entre Antenor Bianco e Fredo Bastos só aconteceu na quarta-feira de manhã, mesmo dia em que, horas mais tarde, o megainvestidor Paulo Brito se encontraria com Fredo.

— O Moraes assinalou alguns pontos em nosso contrato que merecem uma reunião, Fredo. Tem uma cláusula deixando claro que conteúdos especiais devem ser aprovados em conselho — disse Antenor logo que entraram na sala de Jesus Bianco.

— E quem disse que aquele era um conteúdo especial?

— Aconteceu uma reunião com assessor de Brasília e tudo. Você vai negar que aquele era um conteúdo polêmico. Aliás, ele me ligou. A impressão é de que o programa jogou água no moinho da oposição — continuou Antenor, falando apenas para Fredo.

— Atingimos 40 pontos durante a entrevista de Bueno.

— Não é só audiência que conta. Nós participamos do jogo sucessório.

— Ei, o que vocês dois estão cochichando aí? — perguntou Jesus, que conversava com Mariana e o contador da emissora.

— Vamos pra reunião?

— Há uma discrepância sobre a orientação editorial do programa — esclareceu Antenor.

— Há. E séria — concordou Fredo.

— Em que consiste?

— Eu falei com o senhor, sobre o assunto. Lembra? No jantar, ontem.

— Sim. Claro. O *affair* Bueno. Você sabia, Fredo, que no meu tempo dizia-se *affair*? Agora se diz *case*, certo? Mas é a mesma coisa. Pediria que vocês considerassem, rapazes, que temos um grande filão na mão. Não devemos brigar, e sim concordar. Certo? Nossos inimigos e adversários querem que briguemos. Mas não devemos fazer suas vontades. Então vamos ver em que concordamos. Primeiro: concordamos que esse programa é uma criação exclusiva de Fredo Bastos. A maior criação de sua vida, que lhe rende 300 mil dólares por mês. Bem, a seguir, concordamos que não queremos Bueno no poder. Certo? Por quê? Ele vai querer mexer nos seus 300 mil, caro Fredo.

— Mexer na minha retirada?

— Vai. Vai mexer. Vai querer cobrar mais impostos, pra distribuir pro vulgo. É o máximo que pode fazer. O sistema internacional não vai permitir que ele revolucione o Brasil, certo? Mas ele vai precisar dar uma satisfação para o seu eleitorado que tem a cabeça nas nuvens. O jeito vai ser taxar os ricos. E você está ficando rico, Fredo. Certo? Então, vamos fazer tudo ao nosso alcance para impedir que Bueno chegue lá.

— Eu conversei com Bueno. Não me pareceu que suas ideias sejam essas — argumentou Fredo.

— Fredo está do lado de Bueno. Ele fez a sua cabeça, Fredo? Você vai votar na oposição? — perguntou Antenor, exaltado.

— Calma, filho. Bueno é um político competente. Defendeu suas posições. Você pretende continuar apoiando essa candidatura em seu programa, Fredo? — quis saber Jesus Bianco.

— Não. Nem usei o programa para esse fim, nunca. Fiz jornalismo. Não voltaremos a citar Bueno no *Rio Sampa Show*, tem a minha promessa — disse Fredo, juntando as mãos como se orasse.

— Então, está tudo certo. Vamos à nossa reunião. Parece que o departamento comercial recebeu uma proposta irrecusável para unificar o marketing do *Rio Sampa Show*. É isso, Antenor?

A reunião continuou enquanto Fredo a assistia flutuando, ouvindo frases cortadas, palavras soltas... Tinha uma certeza íntima de que compreendia os homens e suas expectativas, mas Jesus sempre o surpreendia. Isso gerava nele uma enorme angústia: sentir que alguém via coisas que ele não conseguia ver.

***

A sala de Simão Wisermann, onde Fredo se encontraria com Paulo Brito, era num prédio pós-moderno e ostentava um bom gosto caro. As paredes eram cobertas de contemporâneos brasileiros e internacionais. Atrás da mesa de Simão uma raiz de Krajcberg dominava, pintada em cores estranhas. Havia objetos de arte por todo canto. Fredo quase perguntou pelo decorador do advogado, mas se calou: conhecia pouco o homem, de um único encontro. As recomendações que lhe foram dadas sobre ele eram mais do que elogiosas. Pelo menos no tocante à temperatura dos contatos.

Paulo Brito era um homem pequeno, muito magro, de olhos agudos mergulhados em duas cavidades rugosas semelhantes a pequenos vulcões.

— Paulo Brito, esse é Fredo Bastos. Fredo, esse é Paulo — disse Simão. — Acho que, em princípio, é só o que posso fazer por vocês.

— Bem, Fredo, você não precisa de apresentação, eu sim — disse Paulo, e estendeu um cartão de visitas em que se lia: PAULO BRITO e pequeno no canto: FIELDPAR, com os telefones, fax e e-mail.

— Meu negócio é dinheiro. Identificar possibilidades. Bem, vou direto ao assunto, mas peço, na presença de Simão como testemunha, que, se minha proposta não for do seu interesse, esse assunto morra aqui. Me dá a sua palavra?

— Está certo. Tem a minha palavra. Pode falar o que é. Estou curioso.

— Bom, como eu disse: identifico oportunidades. Meu grupo está de olho num canal de televisão no Brasil. A lei de participação de estrangeiros está mudando. O mercado de comunicações da América Latina é Brasil, principalmente. Resolvemos comprar o grupo Bianco. Eles querem demais. Fizemos uma auditoria.

— Jesus está vendendo o grupo e eu não sei?

— São negociações muito sigilosas. Como eu disse: fizemos uma auditoria e chegamos a um resultado surpreendente.

Paulo parou de falar. Acendeu um cigarro, envolveu o ambiente num clima de suspense.

— Todo o grupo, revistas, o jornal, as duas rádios e o faturamento da tevê não alcançam nem 50% do que o seu programa fatura. Em outras palavras, o faturamento bruto do seu programa é de 62% do total... Pode cair pra trás...

Silenciaram.

— E isso quer dizer...?

— Quer dizer que sem a receita do *Rio Sampa Show*, o valor do grupo cai pela metade, despenca. Diria que ele quase deixa de existir. O jornal está decadente; as revistas, no vermelho. Existem alguns imóveis, e as rádios, que estão arrendadas para pastores da Igreja do Reino de Deus. Os horários da tevê também são alugados para a igreja a preços vis.

— Querem um café? — perguntou Simão, trazendo uma garrafa térmica para a mesa.

— Eu quero — disse Paulo, servindo-se. Estava tenso, mas de uma tensão positiva, contagiante.

— Continue — disse Fredo, com o queixo apoiado sobre as mãos e os cotovelos abertos na mesa.

— Esse é o motivo da nossa reunião, Fredo. Só o seu programa não está podre naquele canal. Queremos que você seja o nosso sócio.

— Mas o canal não é meu.

— Aí é que entra a nossa estratégia. Vou fazer a proposta. Por favor, fique isento de julgamentos morais. *Business is business*, ok?

— Ok.

— Nossa proposta é que você retire o programa do ar. Seu contrato permite isso.

— Com uma multa de 500 mil dólares.

— Nós bancamos a multa. Na semana seguinte a emissora deles vai pro brejo. Os contratos comerciais são casados. Alguns anunciantes só estão em outros programas da rede por causa de abonos no *Rio Sampa*. Se você sair, eles quebram em um mês.

— E aí vocês compram por um preço melhor — inferiu Fredo.

— Pelo preço real. E você volta com 40% da tevê e a direção geral da mídia eletrônica. Posso calcular, numa primeira projeção, que sua retirada vai dobrar quase imediatamente. A sala de Jesus Bianco passa a ser sua.

Fredo sentiu a adrenalina subir. Seria possível? Estaria a fortuna em suas mãos e ele não a tinha visto?

— E por que vocês fariam isso por mim? — perguntou Fredo, e quase imediatamente se arrependeu. Era ingênua a pergunta.

— Nada faremos por você, Fredo. Nem você por nós. Trata-se apenas de um ajuste capitalista. Eles vão sair do negócio sem dívidas e com uns 20 milhões de dólares. Poderão ir pescar no golfo do México o resto da vida. A estrutura deles é que está ultrapassada. A Mariana, por exemplo, recebe 15 mil dólares como vice-presidente. Eles estão com duzentos funcionários. Não há necessidade de mais de cem, fixos. O resto será terceirizado. Vamos fechar as revistas e o jornal será reformulado. Bem, isso são projeções de nossos administradores. O que você acha?

Paulo acendeu outro cigarro e se serviu de outro café.

— E o que vou dizer pra tirar o programa do ar?

— Deixo essa parte com a sua imaginação. Mas sei que o Antenor é louco por uma briga com você. Pode ser um bom argumento.

— Está bem informado.

— No meu ramo, é vital.

— E se eles não quiserem vender pela oferta de vocês?

— Não há essa hipótese. Quebrariam, perderiam tudo. Não há outro grupo que possa bancar essa compra nesse momento. Além disso, você sairia ganhando porque estaria livre deles com a multa contratual paga e poderia escolher outro canal ganhando mais.

— É. Parece irrecusável — admitiu Fredo. — E seria pra quando?

— Pra já. Eles estão à beira de fechar um patrocínio maior para o programa. Vamos tirar esse doce da boca deles. Sugiro que você não faça o próximo programa.

Fredo recostou-se na cadeira. Depois sorriu. Recebera cartas cheias, como se dizia no jogo de pôquer.

***

Frente a Antenor Bianco, após o encontro com o megainvestidor, Fredo sabia que o outro era um perdedor. Chegou a sentir pena do homem, que ainda mantinha pose. Durante dois dias pensou em como dar o xeque-mate nos Bianco. Finalmente, se decidiu por simplesmente informar a decisão. Disse-o com palavras simples. Usou a expressão "nada pessoal". Antenor se levantou da mesa e, por instantes, Fredo achou que seria atacado fisicamente. Jesus conteve o filho.

— Decisões como a que você está tomando não são impensadas, Fredo. Não vou discutir, porque tenho absoluta certeza de que você já se decidiu. Mas cuidado, cuidado com seus novos amigos. Subir é difícil, mas infinitamente mais difícil é manter-se no topo.

Além dessas palavras, e das vociferações inúteis de Antenor, nada aconteceu. Como havia sido previsto na reunião com Paulo Brito, tudo não durou mais que duas semanas.

Fredo contou seus planos para três pessoas: Tom, seu diretor de produção, e Joana Azevedo, sua secretária; além de Celine, é claro.

***

— Nosso programa está voltando em nova fase. O único reality show em que os participantes não sabem da existência das câmeras. Seis meses de sucesso absoluto. SpyCam dentro do *Rio Sampa Show* voltou, depois de um intervalo organizacional de dois meses. Mais atual do que nunca, mais inusitado do que você poderia imaginar. Hoje temos a primeira série de programas com a câmera levada até o mundo do crime. É isso mesmo, telespectador, aqui no *Rio Sampa Show* você vai ver como é que funcionam as grandes organizações criminosas. Colocamos a

Câmera Espiã junto aos maiores traficantes de droga do país. Vamos ver?

Madrugada na baía de Guanabara. Junto à Ilha do Governador, uma lancha lentamente se aproxima. Luzes apagadas. Só é possível captar as imagens graças a lentes de infravermelho. Num pequeno píer, homens do barco começam a descarregar fardos que são levados por outros para terra, e depois até uma picape.

— Aqui, no litoral do Rio de Janeiro, ao lado do aeroporto Tom Jobim, está chegando a lancha, trazendo aqueles fardos ali. Sabe o que é aquilo? Cocaína, prezado telespectador. Cocaína vinda da Bolívia e da Venezuela para ser tratada e vendida no Rio e em outras praças. Um quilo de cocaína, depois de pronta para o uso, pode atingir o preço final de 10 mil dólares. Esse dinheiro vai para o bolso dos traficantes sem descontar um tostão de impostos. É uma economia informal que ajuda a afundar as finanças do país. Vamos nessa série saber por que a legalização das drogas é a única saída.

Um comboio de carros avança pela cidade. Madrugada. Os primeiros e últimos vão carregados de homens armados. Canos dos fuzis e metralhadoras para fora das janelas dos carros.

— Essa segurança toda é para proteger a droga contra assaltos de outros marginais e até uma ação da polícia, que eles temem menos porque é comissionada pelo crime. Essas armas que vocês estão vendo aí também chegaram como contrabando. Entram no país sem nota, são usadas pelas quadrilhas para segurança, mas também alugadas para assaltos, sequestros e outros crimes. Tudo porque a droga não é legalizada.

Num barraco, usando duas balanças e alguns sacos com produtos que parecem droga, homens fazem a mistura com a cocaína pura para vender no varejo.

— Os dependentes de drogas inalam uma gororoba que, geralmente, contém pó de mármore, anfetamina, sal, açúcar e alguma cocaína pura. Pagam caro para aniquilar a própria saúde. Tudo isso porque a droga não é legalizada. Vamos receber hoje, em nosso programa, um carioca. Seu nome real será omitido. Vamos chamá-lo de Edu. Pode entrar, Edu.

Um homem de uns 40 anos surge pela porta do pequeno palco. É magérrimo e sorri, simpático.

— Edu, por que você aceitou vir em nosso programa mostrar a cara como dependente?

— Porque não devo nada a ninguém. Compro e uso a droga com meu próprio dinheiro.

— Certo. Você soube que colocamos câmeras dentro da sua casa. Do seu banheiro privativo. Registramos você... Como é que chama?

— Tecando. Dando um teco na branca. — Sorri.

— Isso, "dando um teco na branca". Podemos assistir?

Edu foi gravado por uma câmera instalada atrás de um espelho do banheiro. Ele entra. Despeja o conteúdo de um saquinho plástico sobre a pedra de mármore da pia. Com o cartão de crédito, espalha e divide a cocaína em fileiras. Depois vai alternando as narinas e as carreiras.

— Por que você cheira cocaína, Edu?

— Pra animar o espírito, crescer o entusiasmo, aplacar o tédio.

— Mesmo sabendo que todo esse entulho horroroso vem junto: pó de mármore, anfetamina? Mesmo assim você acha bom?

— Mesmo assim. Mas se fôssemos tratados como cidadãos adultos, e tivéssemos o direito de consumir um produto controlado por uma agência como a de energia, por exemplo, seria muito melhor.

— É uma tese, Edu. Tratar as pessoas com mais de 21 anos como adultos. Na próxima semana vamos entrevistar um dos chefões do tráfico. Tudo através da SpyCam, a sua Câmera Espiã, só aqui, no *Rio Sampa Show*.

***

Fredo Bastos assumiu as antigas salas de Jesus Bianco: um conjunto de quatro ambientes e 300 metros quadrados de área. Na primeira sala, Joana Azevedo estabeleceu seu reino. Dali se tinha acesso ao salão principal, a mesa de reuniões, escrivaninha e aparelhos de comunicação. A porta ao lado da estante dava acesso a um pequeno hall com duas saídas: para o terraço, onde ficava o heliporto, e para a suíte, cuja parede envidraçada permitia, da cama, um vislumbre magnífico da zona sul da cidade. "Aqui Jesus abatia suas presas", pensou Fredo.

Mandou arrancar as pesadas estantes de madeira escura, iluminando o ambiente. Essas mudanças físicas foram, inicialmente, o que mais Fredo conseguiu perceber que havia se alterado em sua vida.

Paulo Brito entrou na sala acompanhado de três homens. Fredo estranhou que não houvesse batido, nem se feito anunciar.

— Desculpe, Fredo, mas você tem que conhecer Philip Boaventura. Ele vai fazer a reengenharia do canal — disse Paulo, estendendo a mão num gesto indicativo. — Esses dois com cara de advogados de multinacional são exatamente isso, advogados de multinacional. Mas bons sujeitos — continuou Paulo, sorridente.

Os homens do jurídico usavam ternos elegantes e gravatas coloridas. Philip contrastava com os demais por sua informalidade:

trajava calça jeans e camisa num padrão de grandes figuras geométricas coloridas.

— Sentem-se. Bebem alguma coisa?

— Água, obrigado — disse Paulo. Os outros recusaram a oferta. — Philip esteve dando uma olhada na estrutura do canal. O que pode nos dizer, Philip?

— Bem, acredito que com um terço do pessoal dê pra tocar o trabalho.

— Seria inicialmente uma economia de 200 mil reais por mês — observou Paulo.

Fredo não fez observação alguma, então Philip prosseguiu.

— Há muita coisa para ser vendida. Sem utilidade para o trabalho...

— O que, por exemplo? — quis saber Fredo.

— Um haras, com 43 cavalos de raça. Um iate de 300 pés. O helicóptero...

— O helicóptero é patrimônio da empresa?

— É. Como as câmeras e os estúdios. Mordomias, como vocês dizem no Brasil — completou Philip, com um sorriso sarcástico.

— É. Mas essa mordomia eu vou assumir. Quero o helicóptero pra meu uso pessoal — disse Fredo.

— Acha necessário ter uma aeronave que custa 20 mil reais por mês à empresa? — perguntou Philip.

— Posso pagar do meu bolso o valor de manutenção. Não vou usar esse equipamento pra lazer... Não apenas... Acho que pode ser útil para o jornalismo.

— Bem, pode ser acertada essa integralização de custos — admitiu Paulo. — O que mais, Philip?

— Bom, essa sede pode ser arrolada para pagar as dívidas do grupo.

— Sede? — surpreendeu-se Fredo.

— Esse prédio. Sua localização é excelente. Acredito que se consiga uns 20 milhões de dólares por ele.

— Isso não estava em nosso acordo, Paulo — disse Fredo, fechando a cara. — E que papo de dívidas é esse? Você falou que eles sairiam com dinheiro do negócio.

— Essa avaliação foi antes do último balanço. Eles saíram sem nada. Temos ainda uns 50 milhões em dívidas a saldar.

— Dólares ou reais?

— Reais.

— Menos pior — disse Fredo. — Mas o prédio sede não pode ser vendido. Para onde iríamos?

— Uma locação de imóvel mais compatível com o tamanho do negócio é a meta — disse Philip, à janela, de pé, olhando o Cristo Redentor a sua frente.

— Serei obrigado a lembrá-los de alguns pontos — disse Fredo, erguendo-se da cadeira e caminhando em torno da mesa, lentamente, de forma que os advogados e Paulo precisavam girar a cabeça para acompanhá-lo. Philip se voltou e ouvia ainda da janela. — Não tenho, no momento, nenhum contrato assinado com ninguém. Uma carta de intenções sem cláusula de multa é a única coisa que nos liga. Concordo com o enxugamento da empresa, desde que não toquem na minha equipe, uma vez que meu programa é o arrimo do canal. A sede da empresa também não é negociável. O helicóptero eu compro. Vejam o preço de mercado. Podemos acertar. O resto é de vocês.

Todos, calados, aguardavam quem se pronunciasse.

— Orçamento é coisa exata, Fredo. A conta precisa fechar, certo? — disse Paulo.

— Certo. Mas temos espaço para crescer. Vendam o que é possível e vamos negociar as dívidas.

— As trabalhistas são as mais sérias. É preciso capitalizar-se para pagar as indenizações — disse Philip. — Minha função é técnica. Vou apresentar meu relatório.

— Faça a sua parte, que eu faço a minha — concluiu Fredo.

Todos sorriram, embora sem muita sinceridade.

***

Fredo e Celine voaram sobre um luminoso Rio de Janeiro na manhã de abril. Jones, o piloto da família Bianco, parte do espólio do grupo, foi comentando as rotas mais usadas, os passeios que Jesus e os familiares preferiam, a autonomia da nave e os detalhes do novo brinquedo.

— Estamos sobre a restinga da Marambaia — informou o condutor.

Lá embaixo, a estreita faixa de areia branca se estendia numa linha de muitos quilômetros. Voavam até Angra. O destino era a casa de praia de alguns amigos de Celine.

— Um helicóptero altera a noção de distância. Podemos ir muito mais longe agora — disse Fredo.

Celine inclinou-se e o beijou. Estava radiante. Para ela era apenas natural que uma mulher de seu porte possuísse a própria aeronave, mas isso só se tornara realidade agora. Enquanto ela sonhava com suas posses, Fredo tentava encontrar uma forma de encaixar a nave no seu show, fazê-la pagar-se. Ele também se sentia um pouco soberano, especial, um ser humano privilegiado, mas procurava sublimar esses sentimentos como se neles nada houvesse de negativo.

***

A câmera enquadrou a sala bem mobiliada e ampla de um apartamento de classe média alta. "Aqui, neste aprazível ambiente, vai ser negociada a venda de 100 quilos de cocaína pura", diz a voz de Palmira, em off. "Nós, do *Rio Sampa*, estamos aqui para mostrar a vocês como é que se desenvolve uma megaoperação como essa."

Quatro homens entram na sala e sentam-se nos sofás e poltronas. Seus rostos estão cobertos por toucas pretas.

— Vamos chamá-los grupo um, dois, três e quatro. Fiquem à vontade, rapazes, qualquer dúvida eu interrompo.

— Tá certo, Palmira, vamos ficar à vontade. Você também, fica à vontade — disse um dos homens, irônico.

— Ok — assentiu Palmira.

— Bem, chegou hoje aqui na cidade 100 quilos do bom — continuou o homem. — Vamos transformar isso em 200 quilos e mandar tudo para os gringos cafungarem.

— Os gringos a que ele se refere são os americanos, que adoram cheirar essa porcaria — vai explicando Palmira. — Pode mostrar pra gente um pouco do pó?

— Veio como amostra esse peso aqui — diz o que assumiu a conversa, mostrando um saquinho de conteúdo branco.

— Bate uma aí — diz Palmira, rindo.

— No ar? — pergunta o marginal.

— Claro. No *Rio Sampa* é tudo ao vivo.

— Legal. Você vai tecar? — pergunta o rapaz.

— Posso? Na edição corta, senão pega mal com o meu patrão lá no Rio — diz Palmira, gargalhante.

O homem despeja sobre a mesa todo o conteúdo do saquinho.

— Sirva-se.

A câmera mostra Palmira dividindo o monte em carreiras grandes.

— Cuidado que é pura demais, menina — diz o rapaz, sorrindo.

— Quer que eu grave? — ouve-se o operador de câmera perguntar.

— Corta um pouco. Vem dar uma, depois a gente continua.

— Corta não — diz o marginal. — Corta não. Vamos gravar a jornalista tecando.

— Corta sim, malandro. Aqui quem manda sou eu — diz, séria, Palmira.

O homem saca uma pistola cromada que trazia enfiada na cintura.

— Vai gravar. Quem manda aqui é nós, garota. Nós temos a força, lembra daquele desenho na tevê?

O impasse dura alguns segundos.

— Vai apelar? — diz Palmira.

— Só quero que você teque aí pra câmera, porra...

— Tá legal... gravando Palmira Lima dando uma tecada — diz, com um sorriso um pouco forçado, baixando a cabeça para aspirar a droga.

— Isso, metade com cada narina. Assim. Mais uma.

— Chega — diz Palmira. — Agora chega.

— Chega nada. Aqui quem manda sou eu. Você vai cheirar tudo...

— Mas aqui tem demais. Vou ficar zoada. Preciso trabalhar.

— Não precisa mais. Acabou o trabalho. Desliga essa câmera.

A mão do homem vem até a lente. É a última imagem.

***

— É isso, Fredo. Recebemos a fita e o bilhete. Palmira está em poder do PCC.

— Quem ela estava tentando entrevistar?

— A agenda dela era sigilosa. Palmira mantinha independência. Você pediu contato com o tráfico em Sampa. Ela foi em frente.

— E o bilhete?

— Recebemos por e-mail, de lá. — Tom o apanha de sobre a mesa. — Diz o seguinte: "Temos ela com a gente. Cana não. Vamos fazer contato."

— Foi sequestrada — diz Fredo, constatando o óbvio.

— E aí?

— Aguardamos. Quem está no comando em São Paulo?

— O Meirinha, acho que assume.

— Manda preparar as atrações da terça — disse Fredo —, e quero ver as sinopses até sexta.

— Certo.

— Vou mexer os pauzinhos. Vamos ver se a Polícia Federal entra nessa.

— Não vai arriscar a vida de Palmira?

— Já está em risco.

**

O carro da produção foi encontrado na praça da Sé, Centro de São Paulo. Não havia pistas. Fredo contatou a Polícia Federal. Alegaram a regionalização do crime para não entrar no caso. Ligou, então, para Sartori.

— Ela estava tendo contatos com o tráfico? Isso aí é perigoso — disse o candidato, irritando Fredo. — Mas vou encontrar o ministro da Justiça amanhã no Palácio. Te dou retorno.

Fredo não queria simplesmente esquecer que Palmira havia sido sequestrada e aguardar os acontecimentos. Ela era valiosa e valente, e precisava dele agora.

— Alô, Bueno? Fredo Bastos. Preciso de aconselhamento. É. Talvez possa me indicar um caminho. Como é melhor? Passa lá em casa no happy hour.

* * *

Fredo desenvolvera uma simpatia por Bueno que se transformava, lentamente, em amizade. A franqueza do político era uma qualidade rara, que Fredo apreciava bastante.

Sentaram, como das outras vezes, na varanda.

— É isso, camarada... Pensei em ir a São Paulo. Mas não conheço ninguém. Palmira era minha referência lá. Além do mais, isso é caso de polícia e bandido, correto?

— É. Talvez um contato direto com o PCC... Precisamos de alguém com amplo trânsito no crime.

— Essa pessoa existe?

— Claro. O crime vive da sociedade. Há vasos comunicantes. Temos no partido quem possa ajudar.

Bueno sacou o celular.

— Alô, Cirilo? É Bueno. Uma amiga jornalista foi contatar o PCC e acabou sequestrada. É a Palmira Lima. Está junto o... — Bueno tapou o fone com a mão. — Como é o nome do câmera?

— Waldir.

— O Waldir está junto. Fico aguardando — completou e desligou.

— Quem é?

— O Cirilo? É, como se diz, uma figuraça. Conhece muita gente no mundo do crime. Foi bandido. Entrou no partido e hoje é militante. É chefe da nossa segurança. Entramos em boca, em morro, tudo através dele.

— A pessoa ideal para ser teu ministro da Justiça?

— Não chega a tanto. Mas ponho na Polícia Federal. Vai revolucionar.

— Ele cumpriu pena?

— Dez anos, mais cinco de regime semiaberto. Tráfico, homicídio, assalto, mas tudo limpo, entendeu? Matou em confronto, traficou e assaltou, mas já pagou. Agora é cidadão exemplar. E conhece todo mundo.

— É a pessoa de que precisamos.

— No Rio seria barbada. Em São Paulo vai demorar um pouquinho.

Chegaram Celine e Álvar, sua amiga de infância. Sorriram, brincaram, sentaram com os dois. Álvar pertencia ao topo social por via familiar.

— É verdade que você vai tomar o nosso dinheiro ao chegar à presidência? — perguntou Álvar, risonha.

— Você acredita? — devolveu Bueno, sorrindo também, e admirado com a beleza da interlocutora.

— Não. Mas você assusta o meu cunhado...

— Diz para ele me ligar. Explico, ou envio, nosso programa de governo. Não vamos abandonar as leis do país.

— É. Mas dentro da lei muita coisa pode ser feita — disse Fredo, se metendo na conversa.

— Sem dúvida. É o que pretendemos: reduzir as diferenças.

— E vai conseguir fazer isso sem mexer no nosso dinheiro? — insistiu Álvar.

— Depende da origem do dinheiro. Se for capital produtivo, nada a opor.

— Seu dinheiro vem de onde, Álvar? — perguntou Celine, sorrindo.

— Iiii, é tanta coisa que o papai deixou. Sei que tem uma financeira, terra, participações em muitas empresas.

— Investimentos diversificados, pode ficar tranquila — Bueno sorriu.

— Posso mesmo?

— Claro. Você deve temer mais os capitais voláteis internacionais do que o meu partido no governo — reiterou ele.

— Agora, infelizmente, preciso ir. Tenho um encontro com empresários navais.

Bueno levantou. Álvar sorria. Ele beijou seu rosto.

— Me mantém informado — disse Fredo, conduzindo o político até a porta.

— Cirilo vai te procurar. Fala abertamente com ele — disse Bueno antes de entrar no elevador.

Fredo concluiu que realmente simpatizava com o novo amigo.

✳ ✳ ✳

O sono chegara. Fredo vivia o lento mergulho no delírio dos sonhos. Caminhava sobre uma superfície esponjosa quando o telefone tocou. Ele dormia no apartamento da Lagoa. O celular tocou várias vezes antes que ele levantasse para atender.

— Alô?

— Seu Fredo Bastos?

— Quem fala?

— É Cirilo. Trabalho com Bueno.

Fredo gastou alguns segundos para reavivar a memória.

— Claro, Cirilo. Que horas são?

— Três horas. Desculpa, mas é importante. Palmira vai ser executada essa noite. Mas estou negociando.

— Vão matá-la? Por quê?!

— Ela tinha pouco dinheiro na conta, e não chegaram a um acordo quanto aos temas que a reportagem abordaria. Fiz uma proposta ao grupo. Eles aceitaram, inicialmente. Trocam Palmira por tempo na televisão.

— Chantagem?

— Exato. Querem saber se o senhor põe um representante deles no ar.

— Onde você está, Cirilo?

— Bonsucesso.

— Vem pra cá. Vamos ver o que é possível fazer.

— Posso ir. Mas precisamos garantir a vida da moça antes. O senhor aceita as condições?

— Bom, tem detalhes para acertar... Tempo de ocupação do espaço etc... Mas diz que eu aceito. Vamos tirar a Palmira dessa.

***

— O crime comparece com parte do PIB — diz o homem mascarado. — Trabalhamos com a vala comum dos caras que não conseguem mais emprego, nem mais nada... moedor de carne humana vai formando almôndegas assassinas... Todo mundo precisa viver, xará... A gente tem bronca de ladrãozinho, preferimos os que carregam tudo de uma vez... Sabemos que a sociedade respeita quem se respeita... Pequenos golpes não dão nada, quase... Todo o país fuma e cafunga porque o crime organiza a produção e a distribuição... A gente só quer respeito com quem caiu. Prisão não pode ser o fim. Sabemos que os nossos estão pagando, mas tem limites pra pressão...

O homem mascarado fala gesticulando. Uma tarja na base do vídeo anuncia: GRAVAÇÃO DO PCC QUE MANTÉM EM CATIVEIRO NOSSA REPÓRTER PALMIRA LIMA.

— As cadeias do Brasil são pior que o inferno... E cadeia foi feita pra homens... O poder das cadeias vai explodir o país, camaradas... Respeitem o crime que o crime vai respeitar todo mundo...

Corte para close de Palmira.

— Gente, é uma loucura o que eu passei nas últimas 24 horas. Fui sequestrada pelo maior grupo criminoso de São Paulo, que é a maior cidade do país. O *Rio Sampa Show* fura todo mundo mais uma vez. Vou entrevistar o Palito, que é um dos homens-chave do PCC.

Close em Palito usando uma touca enfiada na cabeça.

— Palito, o manifesto que vocês leram aí tem como única reivindicação a melhoria das prisões?

— É, Palmira. O único lugar em comum que o crime tem com a sociedade é a cadeia, correto? O resto é fuga, esconderijo, cativeiro e vala...

— Vala?

— É. Vala. Onde fica os corpo... Apodrecendo...

— Você acha que o crime sempre vai existir?

— Sempre. Enquanto tiver lei. Sem lei não tem crime nem criminoso.

— Seria a bagunça geral.

— Ou o acordo.

— Acordo?

— É. Não tasca o meu que não pego o teu.

— Mas aí voltamos à barbárie.

— Com gente morrendo assassinada, não é? Fome, miséria, injustiça, não é?

— É.

— O que mais você quer saber?

— Você crê em Deus?

— Claro. Deus é o Homem que trafega nos dois lado. O diabo só faz festa no lado de cá.

— O diabo manda no crime?

— Só na parte ruim.

— Qual é a maior qualidade de um homem, Palito?

— Astúcia e... coração...

— Bandido age com coração?

— Tanto quanto qualquer um.

* * *

Cirilo e Fredo assistiam ao programa junto com a equipe do *Rio Sampa*.

— Eles vão ligar? — perguntou Fredo.

— Vão. Ficaram de ligar e vão ligar — respondeu Cirilo.

Fredo espiou o seu contato. A pele era crispada, como resultado de longa exposição ao sol. Assemelhava-se aos pescadores ou aos tuaregues. Era magro e aparentava mais idade do que realmente tinha. Não chegara aos 50. Sua força vinha da existência, supôs Fredo.

— Será que vão reclamar de a gente ter editado o vídeo? — perguntou Tom.

— Isso vamos saber quando ligarem — disse Cirilo, tranquilo.

No vídeo, close em Palmira.

— Fui sequestrada. A entrevista vai ao ar sob ameaça de minha integridade, mas acredito que os caras aqui do PCC sejam sinceros ao querer denunciar as condições das cadeias. Fala mais sobre isso, Palito.

— Claro que cadeia não pode ser moleza, senão todo mundo ia querer. A cadeia tem que ser pior que a vida da maioria, que é uma merda... pode falar "merda" na tevê?

— Você já falou, prossegue.

— Então, o que a gente quer é que não se reproduza lá dentro a pior vida daqui de fora. Repito: o único momento que o criminoso tem contato social é quando tá em cana.

— Tem mais alguma coisa pra dizer?

— Tenho. Quero mandar um beijo pra minha mãe, que não vejo tem dez anos. Se ela estiver viva e pregada na tela, presta atenção: tá tudo certo, mãe....

***

O celular de Cirilo tocou.

— Oi.

Ele ficou um tempo ouvindo.

— Está certo. Até mais — disse, e desligou. Virou-se para Fredo: — Tudo certo. Vão soltar a Palmira nas próximas horas.

— Graças a Deus — disse Fredo.

— É.

— E graças a você, Cirilo. Como é que eu posso te recompensar?

— Tá tudo certo. Os amigos do Bueno são meus amigos.

— Já sei. Você vai ser nosso consultor para assuntos criminais. Vamos estabelecer um valor para a assessoria.

— Legal, como o senhor achar melhor.

— Vamos descer. Quer uma carona? Vai pra onde?

— Bonsucesso.

— Mando um carro da emissora te levar.

Saíram juntos da sala de produção.

No pátio, Fredo requisitou uma van para o novo assessor, e, para si mesmo, o jipe Range. Na manobra, os dois carros saíram juntos do estacionamento da emissora. Fredo seguiu na frente. A rua estava entupida de carros no fervor do anoitecer.

Acomodado na van, logo atrás de Fredo, Cirilo viu dois homens descerem de um Ômega preto para render o seu novo patrão. Foram rápidos, apontando pistolas para a cabeça de Fredo. O Ômega, abandonado, interrompeu o tráfego enquanto os dois sequestradores tomavam o volante do Range Rover e escapavam usando a calçada, pela rua estreita, até adiante, quando alcançaram a avenida.

* * *

Os grandes jornais deram o sequestro de Fredo Bastos como manchete. Seu hábito de dispensar segurança recebeu críticas dos especialistas, afinal, o país não comportava ingenuidade diante do crime. Estabeleceu-se uma relação com Palmira e as matérias que ela fizera com o PCC. O secretário de Segurança, o governador e o ministro da Justiça se disseram mobilizados para resolver o caso. *Um Socorro Já* foi deslocado para a calçada em frente ao prédio da emissora de Fredo. Neil José convocou a população a orar pela libertação de seu principal concorrente. Para tanto, foi ecumênico: chamou padre, pastor e rabino, além de um pai de santo, que, porém, foi discriminado pelos outros. Chegou a 30 pontos de audiência. Tom, à frente do *Rio Sampa*, promoveu mobilização jornalística em tempo integral. Ao vivo conclamou os sequestradores ao contato, pedindo tranquilidade à família e aos milhões de brasileiros que torciam por um final feliz para o caso. A ação obscureceu o sequestro de Palmira, que não foi solta, como prometido. Às dez da noite, seis horas após o sequestro, Tom recebeu uma ligação.

— É Cirilo. Estou autorizado pelo Terceiro Comando a falar sobre o caso. Fredo foi sequestrado para dar voz à organização. Exigem equipe de gravação e uma matéria dirigida por Fredo.

Cirilo, que assistira ao sequestro, intermediava o resgate.

— A equipe estará a postos em uma hora — respondeu Tom.

— Dois homens. Câmera e iluminador. — Ele apressava-se por atender as exigências.

— Certo. Devem estar no quilômetro 12 da Grajaú-Jacarepaguá às cinco horas da manhã. A pé. Serão recolhidos. Ficarei com a equipe. Alguém me pega em Bonsucesso?

***

"O programa *Rio Sampa Show* atinge a raiz de sua popularidade quando é abordado pelo crime. Fomos procurados, sequestrados, convidados a dar nossa palavra sobre a atividade que, afinal, consome a vida de milhares de pessoas, dos dois lados da ação" diz a voz de Fredo, em off sobre imagens do Rio de Janeiro. — "Com o fim da guerra de Canudos, no fim do século XIX, os retornados arranjaram suas casinhas nas encostas dos morros, única área ainda não urbanizada da cidade", continua Fredo, enquanto gravuras do início do século com os primeiros núcleos favelados no bairro da Saúde ilustram a matéria. — "Ali se formaram as primeiras favelas, que têm esse nome devido ao morro da Favela, onde se fixou o primeiro agrupamento de moradias populares. Esses conglomerados transformaram-se em viveiros do crime."

Imagens dos "soldados do tráfico", com seus fuzis, monitorando a venda de drogas.

— Estamos aqui hoje com um dos líderes do Comando Vermelho, facção criminosa mais antiga do país.

A câmera fecha em close. O homem tem a cabeça coberta com a touca de malha escura característica de bandidos e policiais.

— Para garantir seu anonimato, vamos chamá-lo de Z. Então, Z, o que pretende o Comando Vermelho?

— Somos uma força de união em torno dos que trabalham com o tráfico e outras atividades criminosas. Queremos garantir decência no tratamento de quem está sob a guarda do Estado — diz, com voz séria.

— A preocupação de vocês é só com o apenado?

— E com a família que fica em desamparo aqui fora.

— Mas existem ações para apoiar a fuga de detentos — rebateu Fredo.

— A fuga é um direito de quem está preso.

— E quanto às atividades criminosas que são flagradas ocorrendo dentro da prisão? Isso está certo?

— Certo e errado são palavras que diferem de sentido para cada um — continua o homem.

— Você é seguro no que diz e tem um vocabulário acima da média do seu meio. Qual a razão?

— Tive a sorte de poder cursar universidade.

— Como foi isso?

— Meu pai era do tráfico e afastou a mim e a minha mãe do convívio do crime. Há dois anos ele foi assassinado. Aí, o Comando pediu que eu assumisse a região. Eu estava no último semestre de direito. Pesei os prós e os contras e assumi a guerra para recuperar o território que tinha sido do meu pai.

— Por que você optou pelo crime?

— O mercado de trabalho para jovens advogados não paga o que a gente ganha no tráfico... nem de longe.

— Então o crime compensa?

— Depende do criminoso. Mas aos jovens deve ser dito que o crime não deve compensar. Devemos todos lutar para o crime não compensar.

— Você está falando contra a sua atividade?

— Reconheço que pessoas como eu não devam existir no futuro. As drogas serão produzidas e comercializadas pelas empresas internacionais. Tudo dentro da lei... até lá...

* * *

Bueno, Tom, Cirilo, Paulo, Philip e Celine assistiram ao programa editado.

— Parece bom. Bastante esclarecedor — disse Bueno.

— Se for ao ar hoje, amanhã talvez já tenhamos o senhor Fredo de volta.

— Então, vai ao ar? — perguntou Tom, a voz indicando que não havia outra saída.

— Não vamos ter problemas com o governo? — perguntou Philip.

— Isso não importa, é preciso fazer tudo para libertar Fredo, concordam? — interveio Celine.

— Claro — disse Bueno. — Sem dúvida.

Tom acionou o eject no deck, retirou a fita e a estendeu para o assistente.

— Ponha no ar, Jacinto.

O rapaz saiu em direção à técnica.

— A sorte está lançada — disse Celine, e sorriu.

* * *

"São quase quatrocentos núcleos favelados no Rio de Janeiro, abrigando um número de pessoas não contabilizado, mas que se estima em 2 milhões de almas... Aqui nasceu o crime organizado brasileiro", dizia Fredo em off, enquanto a imagem mostrava uma panorâmica dos morros cariocas.

— Esse é o trecho — disse Tom, paralisando o vídeo. — Os paulistas não gostaram dessa primazia do Rio. Segundo eles o crime nasceu em São Paulo. Querem direito à réplica. Eles estão com Palmira.

A reunião de pauta tinha Paulo e Philip. Tom chamou também Bueno e Cirilo, que se prontificaram a apoiar até o fim as negociações. Paulo e Philip não se afinaram com Bueno, que era mal visto nas empresas de mídia, mas aceitavam a presença do candidato devido a sua ligação com Fredo.

— Mas como seria essa réplica? — quis saber Philip.

— Palmira produziria com eles um vídeo, que aliás já está em execução, para colocarmos no ar — explicou Tom.

— O programa é uma vez por semana — objetou Philip.

— Teremos edições extraordinárias. Estamos com excelente audiência — rebateu Tom.

— É. Não sobra muita alternativa — admitiu Philip.

— Manda rodar — disse Paulo, levantando-se. — Preciso ir. Tenho reunião em uma hora.

Esvaziaram a sala.

***

— Temos uma situação de confronto histórico — diz Palmira para a câmera, sorridente. — Os paulistas asseguram que são os pioneiros do crime organizado, muito antes dos cariocas, como foi declarado no programa de ontem à noite. São Paulo tem mais dinheiro, o que fortalece o crime. Essa polêmica pode ir longe. Para apoiar a tese dos paulistas vamos entrevistar Palito, porta-voz do grupo criminoso. Palito, por que vocês reivindicam a primazia do crime?

— Sampa é onde tá a grana. É claro que vêm pra cá os bandidos. O Rio é uma cidade falida, cheia de trombadinhas roubando turistas. Aqui, não. Só crime grande. É claro que tem pé de chinelo também, mas a gente vai acabar com eles.

— Vocês vão combater o crime dos pés de chinelo?

— É isso aí. Eles só atrapalham o movimento. Bandido pé de chinelo é bandido morto, atrapalha o tráfico.

— Vocês estariam fazendo isso para ajudar a sociedade?

— Também.

A câmera mostra um homem encapuzado que se aproxima segurando um garoto pelos pulsos.

— Vamos dar o exemplo. Esse piolho aí — aponta: — Já foi avisado pra não assaltar na porta do Movimento. Vamos dar o exemplo. Pode quebrar.

O encapuzado puxa uma arma e aponta para a cabeça do garoto.

— Não! Vão matar o rapaz aqui? — reclama Palmira. A câmera se deslocou quando ela começou a falar. Ouviu-se o estampido. O garoto, banhado em sangue, agoniza no chão.

* * *

— O secretário de Segurança está no telefone, Philip — informou Tom, e estendeu o aparelho para o gringo. A direção da emissora, em caráter de alerta permanente, assistira pouco antes à matéria de Palmira.

— Alô? Sim, estou na direção do canal. Ok. Pode falar...

Ficou ouvindo por um longo tempo o que o outro dizia. Todos aguardavam cheios de ansiedade.

— Certo. Levaremos em consideração — disse o homem. — Ok. Ficaremos gratos. Obrigado. Obrigado.

Philip desligou o telefone.

— Ele está indignado — disse.

— Com a violência das cenas exibidas? — sugeriu Paulo Brito.

— Nem tanto. Mais com a repercussão negativa que o assunto pode ter no exterior. Mas assegurou que a Secretaria vai fazer o que for necessário para ajudar.

— É obrigação deles — disse Tom.

— E nós, fazemos o quê? — perguntou Philip. — Estamos paralisados. Temos que dar um jeito nessa história...

O telefone de Tom tocou novamente.

— Alô. Cirilo? Que bom que você ligou. É. Está certo. Vamos aguardar. Que mais pode ser feito...? — Desligou. — Vocês não vão acreditar. Cirilo diz que o Comando Vermelho quer responder ao Comando da capital.

— Inacreditável — disse Philip, suspirando.

— É preciso dar um basta! — Paulo quase gritava. — Cirilo deve informar que não podemos ficar transmitindo a programação do crime.

— Vou falar, vou falar... Mas não sei até que ponto vai surtir efeito.

Os telejornais comentavam as terríveis imagens.

***

"Estamos aqui com a cúpula do crime carioca. A facção mais antiga do Rio: o Comando Vermelho. Eles estão indignados com o desafio lançado pelo Comando Paulista", dizia Fredo no vídeo. Sua voz e seus gestos eram os de uma pessoa no limite, abatida pelos dias de cárcere.

— Pobre Fredo — gemeu Celine. Ela e a direção da emissora, mais Bueno e Cirilo, faziam plantão na sala de Fredo.

"Somos a mais antiga e poderosa organização criminal do país", afirmou um homem encapuzado no vídeo.

— Estamos reféns dessa gente — disse Philip. — É preciso sair disso.

"Lanço um desafio que só os poderosos podem fazer: vamos eliminar o crime na cidade do Rio de Janeiro por 24 horas. Nas 24 horas seguintes a este comunicado, quem aprontar qualquer uma vai ter que se ver com o Comando Vermelho. O desafio está lançado", bradou o homem atrás da máscara. "Esse pode ser um bom desafio", disse Fredo, tentando sorrir. "Nada de crime, ou vão ter que se ver com o Comando Vermelho. Vamos ver se funciona."

— É uma faca de dois gumes — disse Cirilo, que assistia à gravação.

— Perigoso, muito perigoso — concordou Paulo Brito.

— E desmoraliza totalmente as autoridades constituídas. Como é que o crime pode conter o crime, se a lei não tem esse poder? — questionou Bueno.

— O que o senhor propõe, deputado? — perguntou Paulo Brito.

— Não podemos brincar com a segurança de Fredo. O melhor é colocar no ar. Cirilo acha que a coisa deve acabar logo.

— O Comando Paulista não vai ter como bancar esse desafio. Ninguém para o crime em São Paulo.

— Você acha que alguém pode mandar parar no Rio? — perguntou Paulo.

— Também duvido — acrescentou Cirilo.

— Vai para o ar, Philip? — questionou Paulo, voltando-se para o americano.

— Vai. Não tem outro jeito.

Tom tirou a fita do drive e saiu da sala. Bueno passou o braço sobre os ombros de Celine, em um terno abraço, e a sala foi esvaziando.

***

O comunicado foi ao ar em edição especial, às nove da noite. Duas horas depois, vários cadáveres foram jogados em pontos variados do Rio de Janeiro com cartazes pendurados nos peitos ensanguentados. O TERCEIRO COMANDO NÃO RECEBE ORDENS DO VERMELHO, era uma das mensagens. TODO MUNDO SABE QUEM MANDA DE VERDADE era outro dos textos de repúdio ao ultimato.

As polícias militar e civil saíram para a rua em alerta máximo. Os mortos eram membros do Comando Vermelho.

— O efeito foi contrário. Houve mais assassinatos do que nunca — disse o repórter de Neil José ao lado do cadáver de um jovem seminu. — O programa *Rio Sampa Show* está provocando, com suas polêmicas matérias sobre o crime, um aumento da criminalidade.

A câmera se afastou, mostrando a entrada da favela. O repórter fez um gesto para que o acompanhassem, enquanto entrevistava moradores.

— Ninguém quer dizer nada sobre essa briga entre o rochedo e o mar. Facções criminosas brigando é uma coisa ruim para todos. A senhora podia dar uma palavra para o programa de Neil José?

Uma velha olhava para a câmera, sorridente.

— Não. Não posso falar, mas queria mandar um beijo pro Neil José. Aqui em casa todo mundo acompanha o seu programa.

A mão da mulher quase tocou a lente da câmera na hora de mandar o beijo.

— Ninguém quer falar por que ninguém quer morrer — continuou o repórter. — Esse desafio condenou à morte muitos jovens, essa é a única verdade. Sérgio Fontoura para *Um Socorro Já*.

***

Bueno e Celine sentados e calados, frente a frente, no salão principal do apartamento da Vieira Souto. Um conjunto de sofás de couro vermelho, ao lado de uma longa estante adornada por coleções encadernadas, criava um ambiente culto e acolhedor. Num gesto impensado, Bueno tentou retirar um dos volumes, e descobriu que eram apenas lombadas. Celine sorriu.

— Fredo está há quatro dias fora de casa... Sabe-se lá em que espelunca. Será que esses bandidos não o soltariam por uma quantia razoável? — perguntou ela, sinceramente preocupada.

— Estamos negociando. Cirilo é a pessoa certa para a tarefa. O que está em jogo não é dinheiro, e sim poder. E a televisão é a encarnação máxima do poder de comunicação — opinou Bueno.

— Fredo é forte. Acostumado a longos períodos de tensão, mas quatro dias é demais — insistiu Celine.

— Existem sequestros que duram meses ou até anos.

— Eu sei. Mas quero Fredo de volta — ela gemeu descontrolada.

— Estamos tentando de tudo.

O criado trouxe Álvar. Os olhos de Bueno brilharam.

— Novidades? — perguntou a recém-chegada.

— Nada, querida, mas senta. Querem um chá? — ofereceu Celine.

— Cai bem.

Celine apertou um dispositivo em seu chaveiro.

— Comprei em Hong Kong. Aciona um chamado em qualquer parte da casa. Não é o máximo?

— É mesmo? Só você para descobrir uma engenhoca dessas — disse Álvar, sorridente.

— Bom, eu preciso ir — disse Bueno, levantando-se.

— Fique para o chá — pediu Celine.

— Desculpe, mas estou candidato, como se diz. É uma agenda cheia.

— Você tem sido muito atencioso com nosso drama, Bueno, como um verdadeiro amigo — disse Celine, agarrando a mão do político.

— Pode me considerar entre seus amigos sinceros, Celine.

— Interessante, um esquerdista entre nós — disse Álvar, sorrindo.

— O que é um esquerdista, Álvar? Alguém que integra a tradição que começou lá na Revolução Francesa, no confronto com os jacobinos? — perguntou Bueno. — Não tire conclusões precipitadas. Queremos apenas utilizar a consciência e o bom-senso para administrar os recursos públicos. Ninguém pretende estatizar o planeta. Na verdade, o Estado tem sido chamado para salvar bancos quebrados. Não é gente de esquerda que utiliza esses fundos.

— Político é assim: basta cutucar que eles fazem discurso — retrucou Álvar, sempre sorrindo.

— Não é isso... É o hábito de não deixar nada sem resposta. Você há de admitir que usou a expressão "esquerdista" em tom crítico.

Álvar estendeu a mão fina e acariciou o rosto do deputado. Olhou para ele com doçura e fez um biquinho com os lábios.

— Gosto de você, Gabriel.

— Obrigado — respondeu ele, também sorrindo. — Ninguém me chama de Gabriel há tantos anos.

— Acho que vou deixá-los a sós. Se precisarem de um quarto, solicitem — disse Celine.

— Não seja maldosa, querida. Onde está esse chá?

A criada chegou, empurrando o carrinho com a chávena. Havia tortas, pães e frutas de vários tipos. Bueno pediu licença para lavar as mãos.

* * *

Fredo, sentado sobre um caixote, bebia café preto num copo de geleia, acompanhado de bolachas de água e sal. Podia ouvir as vozes no cômodo ao lado.

— Ó, malandro, tamos posando de otários nessa... eles queimaram um monte e todo mundo tá dizendo que pagamos mico com aquele arroto...

— Foda-se, camarada... temos que arrebentar os deles também... é guerra...

Ao ouvir isso, Fredo compreendeu a espiral que se iniciara e que podia não ter um bom desfecho.

— Eles quebraram seis dos nossos, bora apagar vinte dos deles.

Fredo bateu palmas três vezes, como o combinado. Logo abriram a porta.

— Diga lá, elegância...

— Tô ouvindo vocês falando aí... Posso me meter?

— O elegância tá querendo falar. Tão afins? — gritou o encapuzado para os outros.

— Pode falar daí que a gente ouve — ordenou uma voz do outro lado do cômodo

— Bom — começou Fredo, e sentiu um pigarro que o obrigou a tossir para limpar a garganta. — Bom, acho que essa via do confronto violento não é a mais acertada para a comunicação com a sociedade. Argumentos podem funcionar melhor do que disparos... — Ele falava devagar, pesando as palavras.

— Que argumentos, cara? Em casa de marginal o que fala alto é o canhão — disse o de voz autoritária.

— Mas vocês não estão falando para malandro. A tevê divulga sua mensagem para toda a sociedade. Vocês precisam mostrar que têm razão, ou pelo menos a razão que têm. — Fredo surpreendia-se com o próprio malabarismo verbal.

— E como seria?

— Olha, eu tenho uma proposta. Faço uma matéria com um texto encomendado. Vai ficar legal. Só quero ser solto no momento em que ela for ao ar. A imagem de vocês vai melhorar, eu garanto.

— E do que você vai precisar pra fazer o livra-caras?

— Só preciso dar alguns telefonemas. Dois ou três.

Houve silêncio. Fredo pareceu ouvir um cochicho, mas não teve certeza.

— Tá legal, bacana. O Feioso vai te levar um celular. Você liga. Se a matéria não ficar do nosso agrado, nada feito. Ok?

— Ok, né? O que mais posso dizer?

Enfiou os últimos biscoitos na boca. Nunca lhes tinham parecido tão gostosos.

***

O celular de Bueno tocou. Olhava a conta, de 300 reais, que o garçom lhe estendera na sobrecapa de couro com o escudo do restaurante. Álvar indicara o lugar, elegante, discreto, acolhedor, quase vazio àquela hora. O toque do celular o encontrava em completo abandono à paixão. Tudo indicava que seguiriam dali direto para a cama.

— Alô? Fredo? Te libertaram?

— Falta pouco. Preciso da sua ajuda. Urgente.

— Diga.

— Bem, como você sabe estou nas mãos do CV. Certamente você tem acompanhado a cagada do confronto de criminosos?

— Tudo. Pode ir direto ao assunto.

Álvar acendeu um cigarro.

— Bom, negociei a minha liberdade em troca de um programa falando da questão do crime, sua origem... Enfim, livrando até onde for possível a cara deles. Eu não tenho na emissora um roteirista que possa escrever esse texto. Queria que você o fizesse, agora... Logo que estiver pronto, encaminha para o Tom. Já falei com ele... Ele vai fazer o resto.

— Que tamanho deve ter o texto?

— Não mais de duzentas palavras. Vai ser um quadro de uns 2 minutos dentro do programa — disse Fredo, voz tensa, no limite.

— Combinado. Deixa comigo — disse o político.

— Obrigado, Bueno, muito obrigado. Tem visto Celine?

— Hoje a vi. Está bem... Preocupada, mas bem.

— E você, está trabalhando? Quando eu sair daqui vamos tomar um uísque em Angra.

— Combinado — disse Bueno, desligando. Retirou o cartão de crédito da carteira e ajuntou à nota.

A mão de Álvar tocou a dele sobre a mesa.

— A ligação vai alterar o nosso futuro imediato? — perguntou, com sua voz meio rouca.

— Depende de nós — respondeu Bueno.

— Como assim?

— Se formos rápidos, haverá tempo para tudo.

Enlaçaram-se.

***

Meninos de rua caminhando a esmo. Copacabana. Crianças pedindo esmolas no sinal. Portão de presídio da FEBEM. Câmera pega o momento em que o porteiro o fecha, escurecendo a tela.

— Oitenta por cento desses meninos vão morrer antes de fazer 15 anos. Dos que sobreviverem, boa parte vai para o crime. Dentre aqueles que compõem as grandes organizações criminais brasileiras, a maioria nasceu em favelas, passou por organizações correcionais, teve escolaridade baixa e nenhuma assistência sociopsicológica séria.

Imagem de corpos jogados à beira de um campo de futebol na periferia. Câmera passeia pelos rostos desfigurados. Corpos esquálidos banhados de sangue.

— Duas leis mandam na periferia das cidades: o silêncio e a força. É preciso saber ferir profundamente, com agudeza mortal, para ser respeitado. Quem não tem essa capacidade, é melhor ficar calado.

Imagens de carros da polícia fazendo a ronda nos subúrbios. Pequenos grupos pelas ruas esquivam-se para não serem importunados.

— A polícia é inimiga de todos. Dos bandidos porque sofrem achaques ou repressão, e dos cidadãos porque os policiais não respeitam a cidadania.

Imagens de soldados do tráfico, caminhando entre os becos da favela, portando armas pesadas: metralhadoras e fuzis.

— O crime organizado nas favelas transformou esses garotos criados na rua. Deu asas a seus talentos de empresários. Eles recebem mercadoria, estocam, vendem. Protegem seu negócio com os meios que aprenderam a usar: a força e o silêncio.

A câmera passeia pelos muros da favela. Inscrições de facções criminosas preenchem as paredes.

— Entre o apoio à polícia, que entra nas suas casas violentamente, e o apoio aos traficantes, que mantêm uma ordem injusta e baseada na força, o povo prefere a segunda opção.

Paisagem urbana do Rio.

— O bandido só existe porque falta ao Estado fôlego para preencher o espaço público. E nenhum espaço fica vazio.

Na penumbra, jovem enfileira carreiras de cocaína para cheirar.

— O traficante só existe porque milhares de homens e mulheres de todas as classes sociais consomem drogas diversas.

Maracanã cheio.

— O bandido, em sua maioria, não gosta do que faz, não gosta de viver perseguido e morrer jovem com vários tiros no corpo, não quer ser o culpado por todas as mazelas. O bandido prefere não ser bandido.

***

Fredo foi solto às duas horas da madrugada na avenida Presidente Vargas. Caminhou vários quarteirões até encontrar um táxi. Na esquina da avenida Rio Branco, conseguiu um. Ao chegar em casa, encontrou Celine dormindo. Tomou um banho e a acordou com muitos beijos. Abraçaram-se, e ele gozou na cueca.

***

Toda a mídia, quase sem exceção, condenou a matéria sobre a criminalidade. Diversos articulistas de renome brandiram pesquisas e estudos internacionais que comprovavam o distanciamento entre a questão social e a criminal. A cabeça de Fredo foi pedida explicitamente, em editorial, por um dos maiores jornais do país. Seu programa foi acusado de instigar a rebelião da população carcerária contra o sistema constituído.

Fredo não esperava tal repercussão do discurso elaborado por Bueno, e manteve o segredo de sua autoria entre ele e Tom, responsável pela edição do programa.

Na tarde do dia seguinte, Palmira Lima também foi solta. Voou para o Rio, a pedido de Fredo. Iriam comemorar a liberdade e conversar sobre os rumos do programa, juntamente com Tom e Paulo Brito. Ele e Celine passaram no hotel para apanhar a repórter.

— Palmira é uma desbocada no convívio íntimo, mas é brilhante — disse Fredo a Celine antes de a jornalista aparecer.

Esperavam sentados na Mercedes, em frente ao hotel.

— Ela é desbocada porque não teve educação ou é estilo? — quis detalhar Celine.

— Estilo. É de família tradicional, quatrocentões...

— É mesmo? Qual o sobrenome?

— Lima.

— Lima? Judeu novo — apontou.

Palmira surgiu na portaria do hotel, sorridente. Emagrecera vários quilos durante o sequestro.

— Patrãozinho... Escapamos!! — gritou ela, com uma voz esganiçada mas ainda firme.

O porteiro abriu a porta do carro e ela entrou.

— Essa é Celine, minha mulher — disse Fredo.

Fizeram-se as apresentações. O carro deslizou pela avenida Atlântica, enquanto Palmira falava sem parar.

— Agora atingimos o ápice. Não existe uma única pessoa nesse país que não tenha, pelo menos, ouvido falar do *Rio Sampa Show*. Certo?

— Acho que sim, Palmira. Em boa parte por sua coragem e talento.

— Obrigada, patrão. Espero ser sempre uma colaboradora fiel.

Iniciaram o contorno da lagoa.

— Essa cidade é mesmo muito bonita — disse Palmira. — Aonde vamos?

— Almoçar fora do Rio — disse Fredo embicando para o heliporto.

Paulo Brito e Tom lá estavam, à espera dos três.

— Vamos sobrevoar a cidade? Que gostoso — festejou Palmira.

***

Em15 minutos Jones os conduzia em direção a Angra.

— Foi uma loucura — dizia Palmira. — Todo o tempo eu pensei que ia ser fuzilada: triste sina, acabar virando entulho de aterro. Eles contaram que moem as vítimas num misturador de cimento e jogam nos aterros de construção. Impossível encontrar. Só se o prédio for aquele que caiu aqui no Rio... Ha, ha, ha!...

A viagem os premiou com a luz iridescente. Chovera na madrugada anterior. O arco de luzes se formava sobre o mar.

— É um sinal de que o nosso sucesso está se consolidando — continuou Palmira.

— É verdade, precisamos agora manter esse pique — concordou Tom.

— É inesgotável — replicou Fredo.

Paulo quis saber o que era inesgotável.

— Os temas de que podemos tratar.

— Será?

— Claro.

— O que você faz, Paulo? — perguntou Palmira.

— Sou investidor.

— Hummm. Bom partido. Já tem 100 milhões de dólares em caixa?

— Ainda não — admitiu Paulo, num raro sorriso.

— Bem, mas o assunto é outro. Sobre investidores dá pra fazer vários programas. Aliás, anota aí, Tom. Essa, São Paulo vai levar de barbada. Podemos fazer um programa só tratando de investimentos e investidores. Como os caras vivem... Os paraísos que eles montam em torno de si. Eu mesma tenho um primo que vive como um faraó.

— É, mas agora mesmo você está no helicóptero de um homem de comunicação. Eu não possuo tamanha mordomia — disse Paulo.

— Vira essa boca pra lá. Nada de olho grande no nosso helicóptero. Se cair, você cai junto... — disse Fredo, procurando madeira para bater com o nó dos dedos.

— O que você acha, Tom, de fazermos um programa sobre os investidores hiper-ricos?

— Acho uma boa.

— E você, Fredo?

— Como todas as ideias de Palmira, essa também é ótima.

A nave fez uma volta para a direita e seus passageiros avistaram lá embaixo o restaurante Savimbi, instalado numa ilha cercada de verdíssimo mar.

**

— À saúde da Palmira e ao sucesso do *Rio Sampa Show* — brindou Fredo, erguendo sua taça de Veuve Clicquot.

— À saúde de todos que amamos e que nos amam... Somos amados, querido patrãozinho... Por todo o Brasil pessoas desconhecidas nos amam, torcem pela gente... Pode ter certeza de que nos terreiros de candomblé os pais de santo giraram suas saias de roda para proteger a gente dos perigos... E nas igrejas se acenderam velas... Oraram em casa, por nós... Recebi centenas de e-mails e telefonemas de pessoas preocupadas com a minha integridade... Somos amados. Um brinde a quem nos ama... — saudou Palmira, e virou a taça. Algumas gotas escorreram por seus lábios ao beber.

— Ela é ótima — sussurrou Celine a Fredo.

— Não falei?

— Mas você não come, Palmira?... Esses camarões maravilhosos... Essa lagosta... Nada te apetece? — perguntou Paulo.

— Perdi 10 quilos durante o sequestro e estou recuperando devagar — disse ela com um sorriso cordial.

— Vou pedir mais desse polvo grelhado. Alguém vai? — ofereceu Fredo.

Caía a tarde. Palmira foi ao banheiro.

— Ela mija muito, não? — comentou Celine com Fredo.

Tom bateu com o indicador sobre a narina várias vezes.

— Você acha? — perguntou Fredo.

— Claro. Fala muito, não come, bebe bastante... — diagnosticou Tom.

— Do que vocês estão falando? — Celine não tinha entendido.

— Tom acha que ela cheira. Vai ao banheiro cheirar, sacou?

— Lá vem ela... — alertou Paulo.

— Que lugar maravilhoso, esse! Quando me aposentar vou querer uma ilha em Angra — Palmira puxou a cadeira de vime para se sentar e fungou várias vezes.

O garçom se aproximou com uma enorme bandeja de doces. Ela fez uma careta de nojo.

* * *

O encontro com Bueno, uma semana depois, devido a compromissos do candidato no interior do país, aconteceu quase por acaso. Fredo se preparava para sair e deu com Álvar chegando para encontrar Celine.

— Está de saída? — disse Álvar. — Espera um pouquinho. O Gabriel vai passar para me buscar daqui a meia hora.

— Gabriel?

— A Celine não te contou que eu estou namorando o Gabriel?

— Primeiro explica quem é Gabriel — observou Celine.

— Ah, claro. Marcantônio Bueno. O cara tem dois nomes maravilhosos e o chamam pelo mais vulgar.

— Você e o Bueno...?

— Eu e o comunista nojento... Sim...

— Foi bom para os dois, você não acha, Fredo? Para Álvar porque se afasta um pouco desses garotões vazios que ela adora...

— Que preconceito contra a juventude — interrompeu Álvar, sarcástica.

— ...e para o Bueno... Desculpa... Para o Marcantônio também é bom, uma espécie de banho de loja em termos de mulher. Ele contou aqui quem foram as últimas namoradas. Tudo intelectual de jeans e cabelo preso.

Fredo ia se sentando à mesa para o café da manhã.

— Vocês não perdoam, hein? — comentou. — E está gostando, Álvar?

— Quase 60% — respondeu ela, acendendo um Luke Strike.

— É bom informar ao Fredo que essa nota é excelente. A Álvar não dá 100% nem pra Cristo...

— Muito menos pra ele: judeu da Palestina é guerra certa.

— Tudo bem, eu me corrijo: ela não dá 100 nem pro Mick Jagger...

— Melhorou.

— Entendi, meninas, entendi...

Mas Celine insistiu no assunto:

— O que mais te incomoda nele?

— Ele critica tudo. Tudo. Mas não é essa crítica sadia que a gente faz... de um gel que não é lá essas maravilhas, ou um spa onde não existe contrabandista de chocolate. Ele critica tudo que tenha seu acesso limitado, é um porre... — Álvar se calou e ficou pensativa, olhando o horizonte no mar. — Mas ele tem tantas coisas boas que no fim vale a pena.

A criada anunciou a chegada de Bueno. Quando ele apareceu, Fredo se levantou e o abraçou, sinceramente. Acreditava que Bueno salvara a sua vida.

— Soube agorinha que você entrou pra família — disse Fredo com um braço sobre os ombros de Bueno e outro na cintura de Álvar.

— Pois é, veja só, como os encontros ocorrem. — Bueno parecia exultante de haver conquistado uma mulher tão bela.

— Fico muito, imensamente feliz, de tê-lo ao lado de nossa amiga — disse Fredo, dando relevo a sua ligação com Álvar, que era pouco mais antiga que a de Bueno.

Sentaram-se novamente. Pediram café para todos. Fredo convidou:

— Estou de saída, mas quero deixar marcado um encontro para logo. Hoje à noite?

— Por mim, tudo bem — disse Bueno.

— O que você acha, Álvar? Agora a agenda do Bueno passa por você.

— O que o Gabriel decidir está bom para mim.

— Vamos aonde, Celine?

— Sei lá, você que é o cicerone que decida.

— Está bem. O encontro é na pérgula do Copa. Tomamos um drinque lá às seis horas e caímos na noite...

Todos concordaram, sorridentes. Fredo mandou que tirassem o carro. Atrasara-se para a primeira reunião do dia.

***

— A pauta é o executivo da área financeira de São Paulo e Rio: como vive, o que come, quem come, por quem é comido, que drogas usa, onde mora, como obtém prazer... — apresentava Fredo. — São todos workaholics? Todos incultos? São todos reacionários? Vamos montar esse quadro e encontrar alguém para representar o Rio. Palmira, que teve a ideia da matéria, vai encontrar um paulista. Esse páreo vai ser duro. Lá, executivo dá em árvores.

— Ok. Estou com uma garota aí que é fera. Vou mandá-la para a bolsa de valores atrás da figura — comentou Tom.

— Esse prato é quente. Vamos encontrar um cara desses, impressionantes, que só pensam nisso — acrescentou Fredo.

— Deixa comigo — finalizou Tom.

O diretor de produção levantou-se para sair. Quando abriu a porta, Philip e Paulo estavam entrando.

— Com licença? — pediu Paulo.

— Claro. Sentem-se. Tchau, Tom. Me mantenha informado.

Paulo se sentou; Philip ficou em pé junto à janela.

— Bebem alguma coisa?

— Café e água.

Fredo fez o pedido.

— Tudo ok?

— Tudo certo, Fredo... Até aqui. Nossos índices estão ótimos. Mas as críticas que temos recebido do público formador de opinião são ácidas e unânimes.

— Unânimes em condenar o que foi dito no último programa, certo?

— Certo.

— Só que o texto daquela edição salvou a minha vida — disse Fredo exaltado, erguendo-se e pondo-se a caminhar pela sala. — Ou melhor, o autor daquele texto, porque os textos não se escrevem sozinhos... E sabe quem foi o autor?

— Não. Não tenho ideia. Foi um redator da casa?

— Só rindo. Esses analfabetos? Se dependesse deles eu estaria com a boca cheia de formigas agora, jogado numa vala da periferia... Os caras só produzem chavões. Sabem lá o que é escrever um texto para agradar a criminosos? Assassinos? Escrever para agradar a classe média é fácil, eles engolem qualquer coisa... Quero ver é agradar gente recalcada, injustiçada, fodida...

— Afinal, quem fez o texto?

— O deputado Marcantônio Bueno. Meu amigo Marcantônio Bueno.

— Foi ele, então.

— Dá pra perceber — disse Philip.

— Do que vocês estão falando?

— Do texto. Tem a marca do esquerdismo, do radicalismo — disse Paulo.

— Os jornais apontaram justamente esse ponto: o engajamento — prosseguiu Philip.

— Bem, radical ou não, era isso que eles queriam ouvir. Ele salvou minha vida. Serei eternamente grato a ele. — Fredo sentou-se novamente enquanto o garçom servia os cafés.

— Acho perfeitamente aceitável que você seja grato a ele, que seja amigo dele. Ninguém tem nada a ver com isso — disse Paulo.

— É normal, é humano — reiterou Philip.

— Mas precisamos deixar uma coisa clara, Fredo. Não queremos as ideias dele aqui na emissora. Agora não se trata de salvar a sua vida, mas de preservar a nossa e a de todos... Não vamos fazer campanha para ele, nem sequer permitir que use nosso veículo como divulgação de sua imagem, certo?

— Que furor... Parece até que o Bueno é uma epidemia de uma doença mortal.

— Quase isso — disse Philip.

— Quase — reiterou Paulo.

— Ok. Entendo o jogo ideológico a que vocês estão se referindo.

— Podemos ficar tranquilos, então?

— Totalmente.

Os semblantes clarearam, e os assuntos, então, passaram a girar em torno dos lucros, como era de se esperar do grupo ali reunido.

**

Juntos desde as seis da tarde, quando tomaram drinques no bar da pérgula do Copacabana Palace, passava das 11 horas quando Fredo, Celine, Bueno e Álvar chegaram ao Antoninos para o jantar. As mulheres, lindas, vestiam-se leves e coloridas. Os quatro, de bem com a vida, formavam dois belos casais. Entraram, triunfantes, no restaurante da Lagoa. Logo à esquerda Fredo avistou Jesus Bianco e uma bela jovem, que desconhecia. Antenor e a esposa também ocupavam a mesa, coberta de garrafas vazias, ou quase.

— Os Bianco... Preciso cumprimentá-los.

— Vamos sentar primeiro — aconselhou Celine. — Além do mais, será que eles querem falar com você?

O maître os conduziu ao outro extremo do salão.

— Fomos vistos? — quis saber Fredo.

— Não sei. Não consegui detectar nada — disse Celine. — Os Bianco estão aqui — informou a Bueno e Álvar.

— Algum problema? — perguntou o deputado.

— Não. nenhum problema — adiantou Fredo. — Vamos provar um vinho delicioso. É um Chirac, do Maipo, que eles têm aqui.

— Eles saíram bem do negócio? — perguntou Álvar.

— Segundo Paulo, sem dívidas e com uns 20 milhões de dólares.

Álvar fez um irônico "oh!" cobrindo a boca com ambas as mãos.

— Só isso?

— Não é tão pouco, Álvar — interpôs Celine.

— Dá pra viver sem trabalhar o resto da vida — reforçou Fredo.

— É muito dinheiro — disse Bueno.

— E esse dinheiro é para quantos? Quantas famílias? — continuou Álvar.

— Bem, acho que é para Jesus, o filho e seus dependentes.

— Então é pouco. É pouco... Coitadinhos — deplorou Álvar.

— Não exagera, amiga.

— Você está sendo irônica... Só pode... — disse Bueno, sorrindo.

— Você nunca teve dinheiro, Gabriel... Ou melhor, sua família tinha, mas você foi rebelde desde jovem. O dinheiro é um vício. Ficar com pouco é terrível.

— Eles podem trabalhar.

— Onde? Ganhando quanto? Quem esteve no topo sofre para descer.

— Então que se fodam... — completou Bueno, rindo.

— Que linguagem! Por que isso? — Álvar parecia ofendida.

— Ora, tenha paciência. A maioria da população não tem nem para o pão de todo dia... E você preocupada com quem está jantando num restaurante luxuoso com 20 milhões de dólares na conta?

— Crianças, não briguem pelo dinheiro alheio — interferiu Celine. — O vinho está chegando.

Bueno beijou a mão de Álvar.

— Me perdoa?

— Claro.

Beberam, brindando ao sucesso e ao amor.

— Olha o João Zair se aproximando, querido — informou Celine.

O homem que chegara à mesa envergava um terno italiano de corte impecável. Magro e elegante aos quase 70 anos, lembrava um dândi. Circulava pela noite bebendo muito sem perder o *aplomb*, como ele mesmo gostava de definir. Era amigo da família de Celine e conversara duas vezes com Fredo.

— Meus cumprimentos, cavalheiros e madames. Não resisti em vir cumprimentá-los, até porque as pessoas que me acompanham à mesa não conseguem mais articular palavras e pensamentos razoáveis, devido à ingestão regular de álcool por muitas horas. Gostaria de saudá-lo, Fredo Bastos, por seu magnífico programa e o sucesso que vem alcançando.

— Sente-se, João. Dê-nos o prazer de sua companhia. Estes são Marcantônio Bueno... —começou a dizer Fredo.

— Desnecessário apresentação. Trata-se de postulante ao cargo de presidente da República.

— ...e Álvar Pacheco.

— Notória beleza de nossos melhores salões... — completou João, curvando-se para beijar a mão da moça. — Vou aceitar a oferta e beber alguma coisa com vocês.

Ergueu o braço e o maître se aproximou.

— Extra *dry*, por favor — disse a ele, baixo. — Faço dos bares minha casa, desde que enviuvei. Todo dia estou em algum. Às quintas venho aqui.

— Continua atuando na bolsa, João? — perguntou Celine.

— Continuo. Fazendo a minha fezinha.

— Fredo, ele está vindo em nossa direção — disse Celine.

— Quem?

Antenor claudicou entre as mesas até chegar a Fredo. Apoiou-se na guarda de duas cadeiras.

— Isso não fica assim, rapaz — disse, e dele emanaram odores de uísque. — Aguarde só ação de nossos advogados.

Mariana avançou entre as mesas e agarrou o marido por trás.

— Vamos embora — disse ao seu ouvido. — Seu pai está esperando.

— Aguarde ação de nossos advogados, seu pulha... — repetiu Antenor, lançando perdigotos sobre Fredo.

— Não responda, querido — aconselhou Celine.

— Traidor.

Mariana, que não conseguia conter Antenor, fez cócegas no marido. Ele se afastou dando pequenos pulos e soluçando, sob risadas contidas de outras mesas.

— Não sei por que ele me ataca. Não fui eu que causei a ruína deles — disse Fredo.

— E ainda ficaram com 20 milhões. Não vejo motivo de queixas — disse Bueno.

— Vinte milhões? — reagiu João. — De onde? Estão pelados. Duros.

— Mas a informação que tive foi de que eles ficariam com 20 milhões de dólares e sem dívidas.

— Ficaram duros. Tinham dívidas com o Citibank, que vinha garantindo alguns aportes. Devem ter algumas propriedades, terrenos, esses bens que todos juntos não reúnem grande quantia.

— E eu tive que descobrir isso num restaurante... À meianoite!...

— O mercado sabe. É triste. Eles realmente tiveram muito dinheiro — completou João Zair.

— Chega de falar de miséria. Bate na madeira — disse Álvar.

— Xô, miséria — repetiu Celine, sorrindo.

— Xô, miséria — fizeram coro os outros.

Uma grande gargalhada uniu o grupo.

***

Uma série de pequenas cenas mostrava Pedro Pellegrini em atividade. Como num videoclipe: entrando no carro, um Audi A8; jogando pôquer num boteco perto da bolsa de valores com outros executivos; bebendo na uisqueria do aeroporto; girando velozmente na pista de kart; içando velas, na marina do Iate Clube. Pellegrini era separado e não tinha filhos.

— As imagens são boas... E banais. Executivos, em qualquer parte do mundo, agem mais ou menos da mesma maneira — Fredo observou. — O que as câmeras ocultas conseguiram?

— Tem um lance maluco e especial — disse Tom, trocando a fita no drive.

— O quê?

— Veja você mesmo.

Na tela, Pedro atravessou a sala de cuecas.

— Cadê as imagens do quarto dele? — cobrou Fredo.

— Tivemos problemas com a câmera. Não gravou. Ficamos com as da sala e da cozinha.

Pedro atravessando novamente a cena, dessa vez no sentido contrário.

— Tem alguma coisa aí? Esse material está editado? — impacientou-se Fredo.

— Já, já — disse Tom — vem uma bomba aí...

Pedro entrou no quadro trajando branco e adornado por colares. Junto a ele, um homem idoso e uma mulher. Todos de branco. O velho é negro e circunspecto e fez Pedro ajoelhar. Sons de batuque modificaram o ambiente. Atabaques marcaram o ritmo da sessão. O velho estremeceu e girou, dominando a cena. A mulher ajoelhada o reverenciou. Ela e Pedro baixaram a cabeça.

— Quem é a mulher? — quis saber Fredo.

— Uma figura. Socialite falida. Monta sessões de umbanda para a elite.

O velho girava e resmungava em alguma língua desconhecida.

— O que ele está dizendo?

— Vai saber? Se não estiver inventando, deve ser uma língua africana, por aí — disse Tom.

— Mostre a fita para um especialista. Vamos descobrir se são picaretas — ordenou Fredo.

O negro parou de dançar subitamente. Seu semblante assumiu uma feição séria. "Pergunte", disse a mulher a Pedro. "O quê?"

"O que quiser." "Com a crise no Oriente", Pedro começou dizendo, "estamos com medo de uma retração das ações da Union Ship. Vale a pena manter os investimentos nessa empresa?"

O velho abriu bem os olhos, como se refletisse. Depois, cochichou com a mulher. "Ele diz que não há perigo de as ações caírem antes do outono", informou a mulher. "É mesmo? Está havendo uma fuga de investimentos dessa empresa. Devo ir na contracorrente?" "Pelo que ele me disse, sim", confirmou a mulher com a voz trêmula. "Essa informação vale ouro..." "Quer fazer mais alguma pergunta?" "Quero, quero... A Luisa me ama?"

O velho sacudiu-se, de novo girou, foi até o ouvido da intermediária e sussurrou. "Ele diz que sim, que ela te ama...", disse a mulher. "Quem é Luisa? Eu conheço?" "É minha nova namorada. Acho que fui fisgado, Betsy." "Está certo. Pergunte mais que Pai Inocêncio vai levantar daqui a pouco", recomendou a mulher. "Não tenho mais nada a perguntar. Dinheiro e amor estão comigo..."

— Editei até aí — disse Tom, desligando o vídeo.

— Sensacional. Vamos correndo comprar ações da Union Ship — disse Fredo, rindo.

— Anunciou falência essa tarde. Soubemos pela internet há pouco.

— É mesmo? Que prato... Temos que faturar essa barrigada do bruxo.

— Pois é isso que eu queria discutir com você. Como é que a gente faz?

— Levantaram a ficha da dupla?

— Sim. Bastante coisa. Betsy teve dinheiro. Foi casada com Javier Botel, um especulador e contrabandista que ficou rico durante os governos militares. Com a mudança de comando em

Brasília, ele perdeu os contatos. Bebeu todas, morreu no ano retrasado. Betsy ficou com a casa e as dívidas. Começou a empresariar, parece que por acaso, uma cartomante. O negócio foi crescendo. Ela montou um centro de umbanda na sala do apartamento, com esse Pai Inocêncio. Mas também atende em domicílio. Dizem que fatura os tubos. Uma consulta como essa custa cinco mil reais. Está com a agenda cheia até abril, segundo nosso contato.

— Mas e quando o cara erra feio, não abala a reputação dele? — estranhou Fredo.

— As pessoas não denunciam, porque teriam que admitir ter feito a consulta.

— Claro. Mas nós podemos denunciar. Vamos fazer uma bela matéria. Palmira já tem o paulista?

— Até ontem não tinha.

— Apresse. Vamos fazer o próximo programa em cima deste escroque — arrematou Fredo.

***

Fredo passou as horas restantes daquela tarde deitado com Mirinha. Ela massageou suas costas, calada, como sempre fazia. As visitas à amante oficial eram cada vez menos frequentes.

— Fredinho...

— Diga.

— Adorei trabalhar.

— Adorou trabalhar como copeira? Quer um emprego lá em casa? Sabe passar? — Perguntou ele, debochado.

— Não, bobo. Adorei trabalhar como espiã.

— Bem, aí é com o Ministério da Defesa.

— Não brinca. Adorei fazer as tarefas de produção. Esconder os gravadores. Me senti útil. Minha vida é tão vazia.

— Ah. Sei.

— Então? Não quer me arrumar alguma coisa?

— Não fazemos esse serviço todo dia. Geralmente quem coloca as câmeras são os próprios empregados, que são subornados pra isso. Ou então um ex-ladrão profissional que contratamos.

Calaram-se durante um tempo.

— Mais pra baixo. Apalpa a bunda.

— Tô falando sério, Fredinho. Arruma um emprego pra mim...

— Na emissora vai dar bandeira.

— Eu vou ser discreta sobre nós dois, ninguém vai saber que a gente tem um caso.

— Vai tirar minha liberdade. Você vai se meter na minha vida.

— Não, não... Juro. Sei que lá você deve ter outras... Não me importo...

Calaram-se novamente.

— E então, Fredinho? — insistiu a mulher.

— Vou pensar. Não me pressiona.

— Faz isso por mim. Não aguento mais ficar da casa pro shopping... Do shopping pro cabeleireiro... Não aguento.

— E eu pagando tudo...

— Isso.

— Se você trabalhasse, eu não precisaria mais te sustentar?

— Bom, eu teria dinheiro pras coisas miúdas. Quanto você iria me pagar?

— Não sei, Mirinha... Estão cortando pessoal lá, mas vou tentar...

— Promete?

— Prometo.

— Quer que eu ligue?

— O quê?

— Diz? Quer que eu ligue?

— Está bem, liga, seja o que for — concordou Fredo.

A mulher, que massageava as nádegas do amante, enfiou dois dedos no ânus dele.

— Ai, ai, desliga, desliga... — gritou ele. — Que ideia é essa?

— Uma baiana me ensinou esse truque.

— Esquece, isso é coisa de baiano baitola. Doeu.

A mulher continuou a massagem sorrindo da cara feia de seu mantenedor.

* * *

— Alô?

— Alô. Quem é?

— É o Pedro Pellegrini que está falando?

— Sim. Quem é?

— Pedro, meu nome é Antônio de Pádua. Pode me chamar de Tom.

— Ok, Tom. O que deseja?

— Sou da produção do *Rio Sampa Show*. Conhece?

— O programa de tevê? Ouvi falar.

— Assistiu alguma vez?

— Pouco. Quase não assisto à tevê, e quando assisto é jornal. O que deseja?

— Queríamos convidá-lo a participar de nosso programa, como o convidado da semana.

— Que interesse o seu programa pode ter em alguém como eu?

— Vamos confrontar dois executivos da área financeira. Um do Rio e outro de São Paulo. O senhor representaria o Rio.

— Agradeço o convite, mas não estou interessado. Bom-dia.

— Um minuto. Acho que o senhor terá interesse em participar.

— Por que você julga isso, Tom?

— Porque temos umas imagens suas que irão ao ar. Com a sua presença.

— Imagens minhas?

— Sim.

— Que imagens?

— Não tenho autorização para informar.

— Se eu não quero participar do programa, vocês não podem divulgar imagens minhas.

— Podemos. Somos um programa jornalístico. Apenas damos oportunidade aos nossos enfocados de se explicarem.

— Explicarem? Ouvi falar do programa de vocês. E não foi boa referência não. A fama de vocês é de chantagistas. Fique sabendo que se alguma imagem minha for ao ar, eu os processo.

— Ok. Temos uma equipe de excelentes advogados. Não queremos briga, Pedro. Apenas fazer o nosso show, que é líder de audiência no horário. Você pode se beneficiar da participação.

Pedro desligou, mas logo o telefone tocou novamente.

— Alô. Pedro?

— Você é insistente, hein? Já dei a minha resposta...

— Só gostaria de avisá-lo que a gravação é amanhã. Nos nossos estúdios às nove. Apareça. Temos excelentes imagens, suas e com seu pai de santo.

— Como vocês...?

— Conseguindo, Pedro. Aguardo você.

Tom desligou.

* * *

A namorada do deputado ofereceu um jantar. O apartamento de Álvar, no 18° andar do canal do Leblon, se abria para o oceano. Celine e ela deixaram os homens bebendo champanhe na varanda e sumiram no interior da casa. Eram velhas amigas.

— Quem vai fazer o editorial da matéria do financista? — quis saber Bueno.

— Não temos propriamente um editorial. Há um texto em off. Como numa reportagem.

— Sim, mas quem vai fazer esse texto?

— Ora, um dos redatores do programa.

— Essa é uma oportunidade de ouro para ajudar a desmascarar a economia neoliberal, a fé cega no mercado — falou Bueno, sem disfarçar o entusiasmo.

— Ora, Bueno. O meu programa não é panfleto. Nem pode derrubar a economia neoliberal — rebateu Fredo, servindo-se de mais champanhe.

— Toda contribuição é válida em direção ao objetivo maior — recitou Bueno.

— Talvez não te ocorra que sou um típico representante da economia liberal. Vivo de especulação com imagens. Ganho muito dinheiro de anunciantes que defendem o neoliberalismo — objetou Fredo.

— Concordo. Tudo bem. Mas você não é ideologicamente neoliberal, caso contrário não seríamos amigos. E mais, tenho argumentos para que você me deixe fazer esse texto.

— Você quer ser meu redator? Pagamos mal.

— Se eu fizer o texto que estou imaginando, seu ibope vai chegar nas alturas, meu caro amigo.

— Por que você acha que um simples texto poderia causar esse efeito?

— Porque vou escrever o que as pessoas querem ouvir... Ou melhor, o que todos sabem, mas poucos dizem... — Bueno ia falando cada vez mais entusiasmado.

— Ok. Faz o texto e me manda. Mas fica combinado o seguinte: primeiro, não vai haver crédito para você; segundo, não garanto que eu vá usá-lo; e terceiro, esse assunto fica entre nós.

— Perfeito. Concordo. Vou escrever essa noite.

— Essa noite você é da Álvar.

— Ela adormece e eu atravesso a madrugada, acordado. Durmo muito pouco. Passei quatro dias da semana passada dormindo não mais do que uma hora por noite.

— Em campanha.

— Sim. No estado do Mato Grosso. Viajamos centenas de quilômetros. Esse Brasil é imenso, díspar, mas merece nosso esforço.

— Você acha que tem solução?

— O Brasil? É claro. Precisamos de justiça e bom-senso, só isso: justiça e bom-senso.

— Você acha que emplaca?

Mas então as mulheres chegaram à varanda, abraçadas, rindo, olhos brilhando pelo efeito do champanhe.

— Fredo, Gabriel, vocês não acreditam no que a Álvar me mostrou — disse Celine, sentando no braço da cadeira do marido.

— Espera. Não seja intempestiva. Bueno ia me falar neste momento se acha que Álvar vai ser a primeira-dama do Brasil.

Todos se voltaram para Bueno.

— Eu não sei, perguntem aos eleitores.

— Queremos a sua opinião — insistiu Fredo.

— Ele não fala — disse Álvar. — Gabriel não é daqueles políticos tipo "já-ganhou".

— Fala, Gabriel — pediu Celine. — Você tem chances?

— Estou com 28% das intenções, atualmente. Mas acredito que vou crescer com os debates da tevê — disse Bueno sorrindo acanhado.

— Ele é tímido... Como é que alguém tímido pode ser político? — perguntou Celine.

— Não me acho tímido. Eu tenho pudor, o que é diferente — defendeu-se Bueno.

Celine pegou Fredo pela mão e o puxou.

— Vejam os brinquedinhos que a Álvar comprou. Ela me convenceu a usar — disse Celine, sorridente.

— Usar o quê? — Fredo se levantou para seguir a mulher.

— Você vai ver.

Foram, os quatro em caravana, até a suíte de Álvar. Sobre a cama estavam espalhados vários objetos de sex shop: vibradores, pênis de diversos tamanhos.

— Agora o homem não precisa mais temer a insatisfação da mulher — disse Celine, sorrindo. Todos olharam os objetos como se fossem, juntos, uma instalação artística. Havia certa reverência.

A campainha anunciou os garçons chegando com a comida.

* * *

Plano geral do centro econômico da cidade. Fachadas de instituições. Letreiros de bancos. Funcionários contando dinheiro. Máquinas despejando moedas. Bolsa de valores. O pregão. Voz em off:

"O lubrificante de nosso mundo é o dinheiro. Sua circulação permite que a sociedade faça a riqueza crescer. Novos negócios. Novos empregos. A vida em desenvolvimento. Quem cuida do dinheiro? Quem controla seu movimento?"

Imagens de savanas africanas.

"Serão os mais aptos aqueles com formação acadêmica mais apurada? Os princípios que dirigem os caminhos do dinheiro terão a ciência como base? Os avanços da sociedade estão refletidos na forma como administramos nossas riquezas?"

Som dos atabaques. Imagens de Pedro Pellegrini caminhando na rua.

"Nosso programa descobriu que não. As grandes quantias que são movidas daqui pra lá todo dia obedecem aos mais arcaicos princípios de adivinhação do futuro. Acompanhamos um desses magos que fazem seus clientes ganharem e perderem o dinheiro, e descobrimos algo incrível."

Ao vivo:

— Pedro, nossas câmeras flagraram você pedindo conselhos a um pai de santo. É verdade?

— Não inteiramente, Fredo...

Corta para Pedro ajoelhado ao lado do preto velho.

— O público está assistindo às imagens, Pedro — diz Fredo em off.

— Bom, é que uma amiga levou esse cara na minha casa. Tomamos uns uísques e resolvi entrar na brincadeira — tartamudeia o homem.

— Era tudo brincadeira, Pedro?

— Era. Se vocês tivessem me consultado antes de gravar, nada disso teria acontecido. Nem sempre é o que parece ser — Pedro sorriu, confiante.

Corta para Pedro perguntando ao velho: "Com a crise no Oriente, estamos com medo de uma retração das ações da Union Ship. Vale a pena manter os investimentos nessa empresa?"

— O público está vendo você pedir informações sobre as ações da Union Ship, Pedro. Está gravado.

— É tudo brincadeira da hora. Lembrei dessa empresa...

— Que faliu essa semana, certo?

— É. Ela teve problemas — admitiu Pedro.

— Faliu levando 25 milhões de reais em ações que você comprou em baixa no dia seguinte ao episódio do pai de santo... Temos aqui um depoimento...

Corta para um homem com a imagem desfigurada e a voz distorcida: "O Pedro, ele foi na contracorrente e comprou os títulos que estavam em queda livre. As informações davam como certa a quebra da Union Ship."

— O que você acha do depoimento do seu colega da bolsa, Pedro?

— Acho que vocês vão ser processados...

Pedro encaminha-se para a saída do estúdio.

— Espera um minuto, Pedro... Estamos ao vivo...

— Aguardem a notificação judicial — ainda disse o financista antes de sumir entre as gambiarras fluorescentes.

Corta para visão geral da bolsa de valores durante o pregão. Prédios de instituições financeiras. Operadores com as mãos na cabeça. Rostos nervosos observando os monitores. Voz em off:

"Em todo o mundo o controle sobre as operações financeiras está entregue a situações como essa. Bolsas quebram, países entram em derrocada, milhões de pessoas são condenadas à fome porque os homens que lidam com o dinheiro, o chamado Mercado, vivem de influências arcaicas, de boatos plantados ou verdadeiros, de especulações... Homens que precisariam de algum tipo de controle da sociedade. Há um pavor da intervenção do Estado, porque esses homens sabem que suas técnicas temerárias virão à tona. O *Rio Sampa Show* fez a sua parte."

* * *

PARTE IV

Em maio, apenas cinco meses após se conhecerem, Bueno e Fredo eram amigos bastante íntimos. Encontravam-se, ao menos duas vezes por semana, quando trocavam confidências e conselhos. Ambos viviam ótima fase profissional e pessoal. A liderança do *Rio Sampa*, em seu horário, era incontestável. Bueno saltara para 40% das intenções de voto dos eleitores, consolidando-se como o primeiro lugar na disputa pela presidência. Fredo se ajustara ao casamento e vivia sem tropeços sua relação com Celine. Bueno sucumbira ao amor fervoroso de Álvar. Cada vitória era festejada pelos quatro como se fossem todos uma única entidade cavalgando em direção ao pódio. Alguns pontos no ibope do programa ou na escalada da eleição eram motivo de jantar e champanhe. Planejavam um futuro entre dois vencedores: o empresário de sucesso e o político brilhante.

Bueno, com sólida formação cultural e paixão pelos movimentos transformadores, via na televisão uma oportunidade real de fazer as pessoas perceberem a vida de outra maneira. Interferia na pauta do programa introduzindo elementos que ele julgava consequentes. Encontrava tempo, dentro de sua atribulada agenda, para sugerir nomes, textos e outras reformatações da cultura alienante do veículo a que pertencia Fredo. Colheu resultados. Logo segmentos mais preparados compreenderam que o *Rio Sampa Show* estava operando uma revolução na forma de produzir para a chamada "telinha".

"O *Rio Sampa Show* deu uma verdadeira aula de como a televisão pode ser uma via de transformação. Em seu primeiro programa do mês de maio, expôs a realidade das clínicas de aborto montadas dentro de favelas. Trouxe, desse modo, o debate sobre a legalização de uma prática que, embora raramente em condições ideais, é comum a todas as classes sociais", escreveu o crítico de televisão do *Jornal do Brasil*.

"A realidade sobre os meninos escravos das plantações de cana de açúcar, denunciada no último programa de Fredo Bastos, nos coloca entre o nojo e a vergonha", escreveu o articulista da *Folha de S. Paulo*.

"O drama é o mesmo, a mesma tragédia de que o povo gosta, mas as conclusões a que chega Fredo Bastos e os textos da locução sobre as imagens documentadas fazem de *Rio Sampa Show* o programa mais interessante da televisão brasileira", ressaltou *O Dia*.

Esses comentários davam a Fredo Bastos a certeza de que os conselhos do amigo eram pertinentes. Todas as pautas iam para o deputado, que as estudava noite adentro, dando todo tipo de palpites. Fredo tentou acertar um pró-labore para Bueno, que se recusou, durante algum tempo, a falar sobre o assunto. Só com a ameaça de dispensar seus préstimos é que Bueno concordou em receber 5 mil reais mensais por sua consultoria.

Nem tudo, porém, eram aplausos. Alguns anunciantes mais atentos a aspectos ideológicos ameaçaram retirar seu apoio e, sem conseguirem alterar o quadro, realmente deixaram de comprar cotas do programa. Mas havia fila para anunciar num programa que mantinha uma média de audiência de 35 pontos percentuais.

"O programa de tevê *Rio Sampa Show*, em seu quinto ano de existência, deixou de ser uma alegre competição entre as duas maiores cidades brasileiras, como foi, exemplarmente, nos dois primeiros anos, para assumir a postura de vestal e alcaguete das mazelas nacionais", ironizou um leitor de O *Globo*.

"A televisão fala aos mais ingênuos corações. É necessário doçura para tratar com os humildes. O programa *Rio Sampa Show* pretende arvorar-se em protetor do povo de Deus. Melhor será que deixe o Senhor cuidar das suas ovelhas. A função da televisão é apenas distrair a humanidade neste vale de lágrimas. A salvação aguarda os puros", disse o arcebispo em sua coluna dominical para vários jornais do país.

***

O Sol se punha atrás da restinga da Marambaia, enquanto os casais amigos iam de helicóptero em direção a Angra.

— Se não dá mesmo para faltar ao churrasco no subúrbio, Jones traz você amanhã e fica aguardando a festa acabar — disse Fredo ao amigo.

— Não posso. É muita pompa. Um churrasco num colégio, cheio de gente pobre. Não posso chegar de helicóptero e logo depois voltar para Angra.

— Você não precisa dizer que vai voltar para Angra. Diz que vai a outro churrasco de pobre — debochou Fredo.

— O Gabriel se sente culpado por ter dinheiro — emendou Álvar.

— Antes fosse. Nem sou rico. Tenho amigos ricos. Namorada rica. Mas eu mesmo sou de classe média.

— Já, já vai ascender... Em novembro — disse Álvar num tom debochado.

— O Bueno não vai enriquecer na presidência — corrigiu Fredo.

— Quando esfregarem as propinas de milhões de dólares na cara dele, quero ver resistir — insistiu Álvar.

— Também acho — palpitou Celine.

— Por que todo presidente tem que ser corrupto? — perguntou Bueno.

— Olha, Bueno: ninguém me contou não. Eu vi. Sempre ia lá em casa, no beija-mão de papai, o Homem da Mala. Sabe quem era? O cara que arrecadava para o presidente. Havia uma fila. Cada um pedia uma coisa. Quero que a minha empreiteira vença tal concorrência, dizia um. Custa X, falava o Homem da Mala, mas vou saber se dá pra fazer. O cara era avisado dali a alguns dias se era possível e deixava o valor lá em casa. Papai cobrava uma comissão pra guardar a grana...

— O velho Aristides era fogo — lembrou Celine.

— Porque sempre foi assim não quer dizer que tenha que continuar sendo — cortou Bueno.

— É. Você vai ser o único *trouxa* que vai ficar só com o ordenado? — perguntou, com voz chorosa, Álvar.

— Já conversamos sobre o assunto, querida — disse Bueno tentando encerrar a conversa.

O helicóptero fez uma curva para a direita, onde se avistava a nova casa de Fredo, numa das ilhas da baía, ao norte de Angra dos Reis.

— Está combinado, Bueno. Amanhã você vem de helicóptero e à tardinha está conosco novamente. Diz aos pobres que está voando para outra empreitada em prol da revolução social.

— Quer vir comigo amanhã, Álvar? — perguntou Bueno.

— Não me peça um milagre, querido. Se você precisar de uma primeira-dama, posso pensar no caso, mas antes vença a eleição — disse ela, dando um beijo no namorado.

Anoitecia.

* * *

Três homens irromperam gabinete adentro: o gringo Philip, o advogado Paulo Brito e o senador Luís Sartori, candidato oficial do governo à presidência da República. Fredo ergueu-se, talvez rápido demais, e apertou a mão de Sartori, que o puxou para um abraço. O senador estava enfiado num terno de linho azul bem justo contra seu corpo roliço.

— Viemos para almoçar com você — disse Paulo Brito. — O senador vai conceder uma entrevista ao *Rio Sampa Show*.

O sorriso de Fredo foi ambíguo. Refletia dúvida sobre o que fazer. Não lhe interessava entrevistar alguém que não pudesse ser inquirido sem ressalvas.

— Será que o *Rio Sampa Show* é a vitrine ideal para o senhor, senador? Podemos lhe dar um ótimo espaço no *Jornal das Nove*. Que tal? — Fredo se debatia na armadilha.

— Acho que há uma defasagem de audiência no jornal de seu canal — respondeu Sartori, sorrindo. Fredo percebeu o sarcasmo.

— Temo apenas que sua imagem possa ser associada a algo populista. O *Rio Sampa* trabalha com as faixas C, D e E. — Fredo começava a perceber que a luta já estava perdida.

— Meu marqueteiro, o José Maria Martins, você conhece...

— Claro. Como vai o Martins?

— Bem, bem... Ele me disse para vir ao seu programa. Acha que preciso mesmo penetrar nas classes C, D, E, em diante.

— É mesmo?

— Ele perguntou se eu conhecia alguém aqui, e eu respondi: sou amigo do Homem...

Fredo se sentiu encurralado.

— E falou bem, senador, aqui o senhor manda — disse o apresentador, mudando de tática.

— Sempre soube que poderia contar com os amigos. Não fosse assim, nem aceitaria a candidatura. Vamos almoçar? Podemos combinar os detalhes à mesa.

— Ok. Paulo, Philip, poderiam por favor acompanhar o senador até o restaurante? Logo me junto a vocês. Preciso dar dois telefonemas.

— Estaremos lá — disse Paulo, sorrindo.

Fredo os levou até a porta e voltou para sua mesa tentando imaginar uma forma de se livrar do senador. Ligou para Bueno.

— Estou aqui com o senador Luis Sartori querendo ser entrevistado no *Rio Sampa*. Ele está pressionando de forma incontornável... Fiquei sem saber o que responder. Queria ouvir a sua opinião.

— Faça a entrevista, pode dar uma bela matéria. Pergunta o que o governo está fazendo na área...

— Não — cortou Fredo. — Não posso esmagar o homem. Tenho sócios. Ou melhor, tenho patrões. Eles são majoritários na empresa.

— Deixe que ele caia em contradição sozinho. Vamos dar corda para ele se enforcar — foi dizendo, entusiasmado, Bueno, incluindo-se na elaboração das perguntas da entrevista.

— Mas assim vai parecer que a gente apoia ele. Não vamos trazer outros candidatos ao programa — esclareceu Fredo.

— Bem, nessa sinuca não há saída.

Combinaram um encontro para falar da matéria.

***

Após quase duas horas de conversa, Sartori decidiu-se pelo formato biográfico. Faria um resumo breve de sua trajetória, e a produção do programa gravaria o depoimento de pessoas importantes sobre o candidato.

— Mas o Martins precisa aprovar o esquema. Não faço nada sem ele. Só não está aqui hoje porque precisou editar um material que vai ao ar amanhã — disse o senador, balançando o cálice de vinho do porto.

— O senhor é quem manda — disse Paulo Brito.

— Teremos o maior prazer em ajudá-lo a sair do atoleiro — completou Philip.

— Como?

— Sair do atoleiro dos 10% de preferência — disse Philip, tranquilamente. Paulo Brito, percebendo o mal-estar, emendou:

— A campanha vai começar pra valer agora.

— O senhor acha que estou atolado, senhor Philip? — A tentativa de Paulo não surtira efeito.

— Parece que sim. É natural. O senhor carrega o desgaste de ser governo. Só quem gosta do governo é quem dele participa ou dele se beneficia. Certo?

— Os gringos são pragmáticos, senador — interveio Fredo.

— Se por um lado parecem agressivos, temos que admitir que são mais sinceros que nós brasileiros.

— Falei alguma coisa errada?

— Não, senhor Philip. O senhor tem razão, e Fredo também. Somos hipócritas no Brasil — admitiu Sartori.

E todos sorriram aliviados.

***

Ao sair do elevador, Fredo cumprimentou Mirinha. Agora era assistente de produção e, de pernas cruzadas, anotava atentamente alguma coisa numa prancheta. No pátio foi abordado, como de hábito, pelos caçadores de oportunidades. Rostos bonitos de mulheres e homens jovens se dirigiam a ele como a um deus. Uma menina era especialmente atraente. Lembrava a Celine de dez anos antes. Teria 18 anos, 17? Seu rostinho de linhas suaves estava atrás dos outros, mais afoitos...

— Você — disse Bueno, apontando para ela.

Uma outra garota se adiantou.

— Não. Ela, ali. Vem cá.

O doce rostinho avançou, por entre os renitentes à sua frente.

— Como é teu nome?

— Stela.

— O que você faz?

— Eu? — respondeu titubeante a menina.

— Você.

— Na verdade eu estou só acompanhando o Fê.

— Fê?

— Eu — apresentou-se um belo jovem negro, dando um passo à frente.

— Huumm. Stela. Você quer uma chance na tevê, Stela?

Fredo imediatamente se deu conta de que nunca, em momento algum, abordara alguém de forma tão impudente.

216

A menina sorriu, sem jeito.

— Ela quer sim, seu Fredo — disse o tal Fê.

Fredo estendeu a mão para Stela, que aceitou o gesto. Caminharam juntos até a Mercedes.

— Só vou se for com o Fê — disse a menina.

— Então chama o Fê — ele concedeu.

A menina gritou e gesticulou para que ele se aproximasse.

— Vocês são namorados? — quis saber Fredo.

— Aham.

Fê se aproximou.

— Entrem no carro.

Logo arrancaram, sob o olhar cheio de inveja dos caçadores de oportunidades.

Stela era de beleza tocante. Lembrava a Celine de outros tempos. O suave rosto biforme, a perturbadora ausência de interesse que a retirava do domínio dos humanos, como se pairasse acima do corriqueiro real.

Rodaram até o apartamento da Lagoa.

A placidez da garota e a muda concordância do jovem namorado produziam culpa em Fredo. Como se apanhasse flores de um jardim alheio. Subiram calados, entraram calados. Fredo seguiu o ritual de oferecer as finas e entorpecentes bebidas.

— Vocês são atores?

— Somos — adiantou Fê.

Sentaram no longo sofá. Fredo tocou os cabelos da garota. Ela fez menção de afastar a cabeça e ele prendeu sua nuca, até que a menina relaxou.

— Vocês são belos — disse ele, que reconhecia a extraordinária formosura do rapaz. — Sempre há lugar para os belos.

Os dois atores se mantiveram calados.

Fredo trouxe a cabeça de Stela para junto de si. Tocou os lábios dela com os seus. Fê ergueu-se, olhando a pinacoteca para disfarçar. Ela resistiu à língua invasora, mas só por instantes. E se acoplaram, arrancando gemidos tensos de Fredo. Trouxe a menina para o seu colo, e gozou, como se nela encarnasse o seu passado com Celine. Estava apaixonado.

***

Fredo sentou feliz no restaurante Porcão, em Ipanema, para um almoço com Sartori e José Maria Martins.

Ele costumava analisar as personalidades por suas opções alimentares. Martins pedira um prato de surpreendente variedade: havia filé de salmão e fatias de picanha, além de vatapá e salada de brócolis. Fredo interpretava tal escolha como alta flexibilidade de opinião. Sartori, talvez por suas origens sulinas, optou por um prato composto majoritariamente de carnes bovinas e suínas.

— Precisamos de uma exposição franca de Sartori — disse Martins. — O público vai perceber a confiabilidade do candidato.

Como ninguém comentasse a observação, Martins continuou:

— Vamos mostrar o pai de família, o administrador público exemplar, o empresário bem-sucedido.

— Acho perfeito, Martins, mas é preciso fazer a ressalva de que a oposição encontrará formas de rebater esses exemplos, sejam justos ou não — disse Fredo, ainda mastigando uma cavaquinha.

— Mas é a oposição que faz o seu programa? — retrucou Sartori.

— Não exatamente, senador. Mas temos uma tribuna online no site do programa, que é reproduzida no canto da tela das tevês durante o programa.

— Essas opiniões certamente não vão para o ar sem passar por um crivo da sua produção, certo? — observou Martins.

— Certo. Mas esse crivo só exclui termos de baixo calão ou agressões despropositadas. Uma contestação normal tem sinal verde.

— Que seja. Mas uma sugestão sua à produção vai ajudar — cortou Sartori, novamente com um leve registro de irritação na voz. — Afinal, Fredo, estamos em campanha para impedir que Marcantônio Bueno chegue ao governo do Brasil, o que seria uma tragédia.

— Bueno é amigo de Fredo Bastos, senador — disse Martins.

— É verdade, Fredo?

— Sou um homem de comunicação. Posso me considerar um jornalista. Circulo em todas as rodas.

Martins insistiu:

— A coluna do Joaquim deu nota de seu final de semana em Angra com Bueno. Viajaram em seu helicóptero.

— Exato. Vocês também estão convidados para o *weekend* em minha casa. Não é nenhum palácio, mas é confortável.

— Arrumarei espaço na agenda para aceitar o seu convite. Mas você acha possível manter uma conversação com ele? — Sartori quis saber.

— Plenamente. É um agudo observador da realidade — disse Fredo, admitindo sua admiração pelo oposicionista.

Ao se levantarem da mesa, Sartori advertiu:

— São lobos em pele de cordeiro, Fredo, os intelectuais. São perigosos. Acabam querendo dirigir a vida das pessoas porque julgam saber o que é melhor para todos.

Sartori caminhou decidido para a porta da rua, enquanto Fredo pressentiu a desconfiança que plantara no senador governista.

***

Stela se tornou um vício para o apresentador. Sempre encontrava tempo para a jovenzinha. Algumas horas à tarde, ou mesmo durante a manhã. A menina se deixava levar. Fê permaneceu com ela. Passaram a morar no apartamento da Lagoa, abandonando suas condições precárias, a casa que dividiam com outros estudantes de teatro. A mãe de Stela pagava a escola, cara, que a menina frequentava. Fredo bebia a presença de Stela aos goles sôfregos. Ejaculava, mal sentia o corpo dela junto ao seu. Demorou uma semana para a primeira penetração. Falavam quase nada. Ele desfiava assuntos gerais ou específicos de sua atividade; ela não percebia o significado. Fredo simulava uma interlocução inexistente. Mas a amava cada dia mais. Via nela o passado com a própria esposa. Desfrutava de uma vida dupla com a mesma pessoa. O passado e o presente. Não conseguia perceber o futuro.

A menina encantou-se com o helicóptero. Voaram até a ilha de Angra. Fizeram piquenique num recanto protegido, nus. Ele despejou bordeaux sobre seu ventre e o beijou, copiando um filme ordinário.

No dia a dia, Fê era um exemplo de complacência. E útil: fazia companhia a Stela nas muitas horas durante as quais Fredo precisava se ausentar, e torcia pelo romance que poderia resolver a vida dos dois. Fredo domou o ciúme, que de início sentiu. Stela, no entanto, contou-lhe que ela e Fê raramente transavam e que nada havia acontecido depois do encontro com o apresentador. Celine de nada desconfiava, e houve dias em que Fredo teve duas ejaculações precoces: a esposa e a jovem amante lhe causavam a mesma ansiedade.

**

Martins e Sartori chegaram juntos à gravação, acompanhados do maquiador pessoal do candidato e de dois auxiliares. O marqueteiro exigiu ver as perguntas com antecedência. Fredo tentou evitar a quebra do trunfo número um do programa, o fator surpresa, mas foi vencido pela truculência de Sartori. O senador ameaçou abandonar o programa se lhe fosse negado o acesso prévio às questões. Não leu o papel que Fredo lhe entregou. Martins assumiu a tarefa de analisar o que seria perguntado.

— O senador não pode avaliar o desempenho do governo porque não faz mais parte dele — disse Martins, riscando a questão. — Por que você não pergunta como foi seu encontro com o papa? Sua Santidade disse que ele tem perfil de estadista, e rezaram juntos pelo crescimento da América Latina. Essa outra pergunta também é embaraçosa. O que você quer ouvir ao perguntar como ele encara a corrupção no atual governo? Vamos eliminar essa questão, ok? Assim evitamos embaraços desnecessários. Você sabe que o senador foi o primeiro colocado no vestibular de direito aos 21 anos? O povo gosta de saber que seus governantes possuem superioridade intelectual. Seria interessante informar que ele tem o inglês como segunda língua, e o italiano como terceira. Pode falar que ele domina o espanhol. É uma pequena mentira, mas quem não fala espanhol? O senador está em seu segundo casamento, mas é melhor não mencionarmos o fato. As famílias não costumam aceitar mais do que uma relação. Dona Luísa é a esposa. Eles têm dois maravilhosos filhos. Essa é inaceitável, Fredo. Desculpa, mas quem teve a infeliz ideia de perguntar se o senador é a favor do aborto? Essa questão tira pontos de qualquer candidato. Se disser que sim, fere a moral cristã. O não agride as que precisam do serviço. Vamos cortar...

— O que sobrou? — quis saber Fredo.

— Vamos elaborar outras perguntas. O que ele pretende fazer quando chegar ao poder, não é uma boa questão?

Fredo sorriu e pegou o papel, suas perguntas riscadas de tinta azul. Lembrou-se de como Bueno fizera questão de elaborar as perguntas na noite anterior.

— Ok, Martins. Faça você as perguntas.

O marqueteiro sorriu e fez um sinal de positivo com o dedo. Fredo também sorriu. Que jeito?

***

O encontro de Sartori e Fredo no ar foi tenso. Havia entre os dois homens um estado de espírito animoso, sem origem ideológica ou qualquer razão prática. Na verdade, por seus interesses, classe social e segmentos que representavam, Fredo devia ver em Sartori seu candidato. Poderia cobrar verbas publicitárias do governo após o apoio à candidatura do senador, principalmente naquele momento, em que a popularidade deste estava em baixa. Claro que a máquina do governo ainda não se pusera em movimento, mas era questão de tempo. A natureza da incompatibilidade de Fredo com o político era de outro teor. Ele podia sentir que suas promessas e retórica eram falsas. Tudo só visava vencer a eleição, sem nenhuma outra preocupação. Talvez Fredo nem notasse com precisão crítica as diferenças entre

Sartori e Bueno. Estava tão mergulhado em sua luta pela audiência, tão imerso na paixão por Stela, que nada mais poderia realmente mobilizá-lo, a não ser, talvez... A amizade por Bueno. Desenvolvera um sentimento fraterno pelo oposicionista. Sentia-se na obrigação de ajudá-lo. Mas como?

Sartori usava um traje caro, uma bela gravata de seda, e não era um homem feio, apesar de roliço.

— Senador, gravamos a casa em que o senhor nasceu, aqui no Rio, em Laranjeiras... Mas logo sua família foi morar em São Paulo...

O vídeo mostrava a antiga casa, do início do século.

— O senhor ainda era um adolescente e já fazia política...

Um homem aparentando mais de 80 anos falava lentamente para a câmera, lembrando o jovem Sartori morando naquela rua e já fazendo política estudantil.

— É verdade que o senhor foi trotskista? — perguntou Fredo, fazendo Sartori piscar duas vezes, conforme seu cacoete quando surpreendido.

— Talvez, Fredo, quando se é jovem nos fala forte a ideologia, mesmo as radicais. Acho que todo mundo era trotskista, não? — respondeu Sartori sorrindo.

Bueno propusera uma série de perguntas que o próprio Fredo vetara. O apresentador as fazia, agora, para dar uma lição no marqueteiro. Afinal, quem mandava no programa?

— Nossa pesquisa encontrou alguns jornais estudantis em que o senhor escreveu. Em um deles, *A Hora Vermelha*, o senhor defende a revolução permanente, teoria de Trotski — foi dizendo Fredo, que recebera da produção o exemplar do panfleto e o trazia na mão. — O senhor podia nos explicar, por puro exercício de memória, o que é a revolução permanente?

Fredo estendeu a cópia do jornal a Sartori, que olhava para aquilo como um objeto infectado. Relutante, acabou por segurar o papel.

— Faz tanto tempo que essas coisas aconteceram... Trotski, de fato, foi um homem extraordinário... Você sabia que ele foi alfaiate, no exílio, em Nova York? Éramos muito dependentes desses heróis... São coisas do passado.

— Mas, desculpe se insisto, esse passado faz parte de sua formação? Como o senhor se tornou um homem de direita? — Fredo usava as palavras de Bueno.

— Fredo, eu não sou um homem de direita...

— Desculpe-me novamente, senador, mas o senhor tem votado junto com o bloco do governo, que só aprovou projetos elitistas, beneficiando os banqueiros, abolindo direitos trabalhistas, revogando leis de interesse nacional...

Desfiava questões que Bueno indicara. Não sabia de fato até que ponto tudo aquilo era real. Confiava no amigo. Por que fazia aquilo? Não sabia.

Sartori estava constrangido. Não tinha como responder. Calou-se por alguns segundos.

— São pontos de vista, Fredo. As coisas mudaram no mundo. Seguimos as tendências mais em voga — disse, vacilante, o senador.

Fredo sorriu e pediu o intervalo.

— Que absurdo é esse, afinal? — gritou Martins, invadindo o estúdio de gravação. — Sai daí, senador... O senhor deve ter perdido uns 3 pontos nos últimos 10 minutos...

— Calma — disse Fredo, adiantando-se entre o assessor e o candidato.

224

— Calma o cacete. Você está louco. Usou a expressão esquerda e direita na tevê. Noventa por cento da população devem imaginar que é futebol. Ainda bem. Vamos embora, senador...

— Adeus — disse Sartori, acenando para a equipe e o auditório.

Os dois tentavam sair do estúdio quando Fredo colocou as mãos sobre um ombro de cada.

— Acho melhor o senador ficar. Farei perguntas positivas — cochichou.

— Meu cliente não vai continuar sendo exposto a essa palhaçada.

— Se abandonarem, vou dizer que fugiram da raia, é pior.

— Faça isso e seu canal vai conhecer a força do poder — fuzilou Sartori.

— Não temo ameaças.

— Então não as faça.

— Um minuto para entrar no ar — o suíte avisou.

— Fique e não se arrependerá — falou Fredo, agarrando o braço do senador.

— Vamos embora — convidou Martins, segurando o outro braço de Sartori.

— Trinta segundos...

— Vou continuar... Mas veja lá o que pergunta.

Martins largou o braço de Sartori e saiu do estúdio.

— Quatro, três, dois.... NO AR...

— Senador, o que os brasileiros podem esperar de seu governo?

— Somos um grande país, Fredo. Quero oferecer condições para que todos os brasileiros trabalhem, cresçam junto com o país. Temos vivido sucessivas crises internacionais. Esses abalos fazem todos sofrerem, mas o país tem demonstrado maturidade. Vamos fazer deste país uma grande nação, esse é o meu desafio.

— Vamos assistir agora algumas imagens gravadas no casamento da sua filha, há um mês...

A suntuosa festa invade a tela. Presidente e ministros entrando no salão.

— Foram mil convidados, certo, senador?

— Os amigos... Temos colecionado amigos ao longo da vida — disse Sartori em off.

— O senhor economizou para dar essa festa, senador? — ouviu-se, ainda em off, a voz de Fredo perguntar, enquanto 10 milhões de espectadores assistiam ao burburinho de uma multidão bebendo e comendo num salão de Brasília.

— Como?

— Um especialista, consultado pelo programa, avaliou o custo de sua festa em 600 mil dólares — completou Fredo.

O senador sorriu, tenso.

— Exagero.

— É mesmo? E quanto custou, então? — quis saber Fredo.

— Não sei — disse Sartori, ainda sorrindo sem graça. — Quem trata desses assuntos domésticos é minha mulher.... Posso perguntar para a Dalva amanhã e lhe dou a resposta.

— Está bem, senador. Obrigado. Bom, vamos encerrando o nosso *Rio Sampa Show* de hoje, que teve como convidado o senador e candidato à presidência da República Luís Sartori...

Na imagem que se seguiu, o especialista em eventos Luis Câmara explicava os itens da festa.

Sartori e Martins saíram sem se despedir de Fredo Bastos. O programa deu 35 pontos no ibope.

***

A tempestade, no dia seguinte, foi proporcional ao êxito alcançado. Mensagens e ligações de vários escalões do governo, ou apenas de simples seguidores do senador, alcançaram a sala de Fredo, condenando o martírio a que Sartori havia sido submetido. Textos exaltados, xingamentos e pelo menos uma ameaça de morte. Por outro lado, revistas e jornais cumprimentaram a coragem de Fredo em expor as viscerais contradições do candidato. Uma pesquisa, não confirmada, deu queda de 4 pontos nas intenções de voto do senador.

— Seu Paulo e Philip estão aí — disse Joana, fazendo uma careta, quando Fredo cruzou sua mesa. A secretária tinha sensibilidade para todas as situações que ele enfrentava.

Fredo entrou em sua sala e lá estavam os dois únicos homens a quem ele devia explicações.

— Não atirem — disse levantando os braços e sorrindo. Depois foi até sua mesa, apertou o interfone e pediu café e água. O silêncio e as caras amarradas o preocuparam. — Ok. Falem.

— A sua irresponsabilidade pode nos custar algo entre 30 e 50 milhões de reais — começou Paulo Brito.

— ...é o que os ministérios planejavam despejar esse ano em cada canal — completou Philip, como se os dois houvessem ensaiado as falas.

— Eles já sinalizaram com o corte de verbas? — perguntou Fredo, apenas para fingir interesse.

— Ainda não. Mas o Timóteo, da agência, ligou preocupado — disse Paulo.

— Vamos pagar um preço alto pela credibilidade. — Fredo ia abrindo um chocolate. — Já experimentaram essa marca canadense? É uma maravilha... — Sorriu. — Sou chocólatra.

— De que credibilidade você está falando? — perguntou Philip, azedo.

— Ora, somos crítica positiva em todos os jornais sérios. Olha só: *Jornal do Brasil*: "A noite de terça-feira vai ficar para sempre na memória política do país pelo que revelou de nossas elites em Brasília..." *Tribuna da Imprensa*: "O senador Luís Sartori 'entregou' ao Brasil o sumo descaso dos políticos para com a inteligência dos brasileiros..." *O Globo*...

— Fredo, chega. Opinião de jornal não paga conta — gritou Paulo Brito. — No final do mês você quer receber os seus 200 mil dólares...

— Você esquece que está fazendo televisão. Não podemos contar a verdade para todos. Somos um veículo de diversão, ou seja, controle de massa. Nossa função é manter as pessoas calmas, em casa... Evitar a discórdia. Você não disse nenhuma novidade para quem é informado, lê jornais... Mas, possivelmente, o seu programa de ontem semeou o descontentamento em milhares de pessoas. Homens honestos podem estar desalentados em não ter como dar um casamento luxuoso para a filha. Muitos vão pensar em mexer no dinheiro da empresa em que trabalham, Fredo. E, embora eu jamais vá comprovar o que direi agora, tenho certeza de que pelo menos um telespectador vai praticar um desfalque, e talvez ele e sua família paguem caro por isso.

— Você deveria trabalhar na teledramaturgia, Philip, sua imaginação é veloz — disse Fredo, escarnecendo do diretor comercial.

— Philip tem razão, Fredo. Nossa responsabilidade é grande... O povo brasileiro é muito carente...

— Por outro lado, passamos a ter credibilidade. Isso gera audiência e, consequentemente, anunciantes, e lucro. Quem não é o maior deve ser o mais bem informado — rebateu Fredo, usando uma frase de Bueno.

— Os anunciantes são eleitores de Sartori, Fredo. Não seja ingênuo. Há um *mainstream* que aglutina os interesses — disse Philip, em pé, na janela.

— Bem, a cagada está feita, rapazes. O que vocês sugerem?

— Convide seu amigo Bueno para o programa, e faça picadinho dele. Aí estaremos empatados — disse Paulo Brito.

— Combinado.

— Não acho uma boa ideia — interpôs Philip. — Não teremos controle. E se o tiro sair pela culatra e ele se beneficiar da exposição?

— Encontre uma brecha que o torne vulnerável, Fredo — disse Paulo, levantando-se.

— Queremos conhecer esse conteúdo antes da gravação — acrescentou Philip.

— Combinado.

Os dois saíram deixando Fredo a olhar o Cristo através da janela, preocupado.

***

O Range Rover freou em frente ao prédio; chiando os pneus, Fredo manobrou em direção à garagem, buzinando para que abrissem a porta. Uma mulher surgiu ao lado de uma das colunas negras e parou de braços abertos em frente ao carro. Não era mendiga, nem parecia louca. Vestia terno escuro e carregava uma bolsa grande. Seus olhos brilhavam. Fredo se lembrou de John Lennon. Temia ser executado, como o roqueiro. Subiu o vidro e buzinou. Uma porta se abriu no blindex fumê e a segurança cercou a estranha.

— Vem falar comigo, Fredo Bastos — ela gritou, antes de ser arrastada para dar passagem ao jipe. Ele mergulhou veloz nas trevas da garagem. Engrenagens rangentes fizeram o carro, aos solavancos, estacionar junto à parede, até silenciar. Os faróis apagaram, deixando Fredo só e assustado. Caminhou até o elevador e abriu a porta, ainda trêmulo. Entrou em casa e correu até a varanda. Olhou para baixo, do alto de dez andares. Nada, além do tráfego da quarta-feira. Os automóveis e o mar. Um avião, no céu rubro do anoitecer. Nenhuma ameaça ao seu poder ou ao seu corpo. Ligou para a portaria. A mulher se fora, levada embora. Não chamaram a polícia para evitar escândalos. No prédio moravam outros veneráveis sociais: dois banqueiros, um político do Nordeste que mantinha o apartamento quase sempre vazio e uma atriz, ex de um conhecido magnata que se tornara reclusa depois de um câncer ter lhe extirpado a perna.

Ao ouvir o telefone, Fredo tirou-o silenciosamente do gancho e o levou ao ouvido. A empregada atendeu na extensão.

— Quero falar com o Fredo Bastos.

— Quem deseja?

— Ele sabe. É de seu interesse.

— Vou ver se o doutor está.

— Ele está. Subiu agora.

Silêncio. Santinha veio até a sala.

— Uma mulher... — A criada calou-se quando viu Fredo com o fone colado ao ouvido. Ele gesticulou que atenderia.

— Quem fala?

— A mãe dela, Fredo Bastos...

Ele se manteve calado.

— A mãe de Stela. Não a criei para isso... Se afasta dela. Manda ela embora. Vou avisar apenas uma vez.

— Stela é uma moça... Sabe se cuidar...

— Tem apenas 16 anos. Não sabe se cuidar, não. Se afasta dela. Não pense que é invulnerável, Fredo Bastos.

Enquanto a voz ácida destilava ameaças, ele raciocinava vertiginosas considerações: ela não sabia o endereço da Lagoa, ou atacaria lá, mas o tempo o empurrava para a fuga de Stela. Não a perderia. Que se fodessem mãe, pai, família, o caralho... Pensou assim mesmo, imprecando.

— Dou 24 horas pra você libertar minha filha ou...

— A senhora fala como se ela estivesse em cativeiro.

— Ela não tem ido mais à escola. Não me ligou mais. O senhor a enfeitiçou com promessas de sucesso, mas vai cuspir na minha filha quando se cansar do corpo dela.

Fredo bateu o telefone, depois discou o número da área de serviço.

— Não passem ligação de desconhecidos — disse, a voz trêmula.

Foi até a varanda, depois caminhou até o bar, tropeçou no tapete. Apoiou-se na guarda da poltrona para não cair. Prosseguiu, a passos curtos e serviu-se de uísque. Os longos goles retumbaram em sua cabeça e seu peito. O agradável calor do álcool o reconduziu ao controle.

— Foda-se! — gritou. — Foda-se, foda-se — repetiu, e se serviu de novo.

— Problemas, amor? — ouviu Celine dizer ao seu lado. Não pressentira a aproximação.

Sorriu, e sorveu uma nova dose.

— É. Uns relaxam com meditação transcendental, outros com palavrão incidental.

— E uísque — disse Celine, empunhando a botija de Black Label para servir-se.

— É claro — concordou e encheu o copo novamente.

— O que houve? — Celine, acomodou-se ao seu lado.

— Nada de especial. Estão me pressionando para usar o canal contra Bueno.

— Problema antigo.

— É. Vou falar com ele. Vamos pensar em alguma coisa.

— Será de bom-tom misturar política com seu trabalho?

— Misturar política, Celine? Política não se mistura: política é a mistura. Não tem como escapar. Olha, eu não sou inocente, mas percebo que hoje, no Brasil, nadar contra a corrente é um grande negócio. Ninguém aguenta mais. Tá todo mundo de saco cheio. Quem mostrar que o rei está nu, leva a mesa. Tenho esse pressentimento.

— Jogo perigoso.

— Sem dúvida.

Santinha entrou na sala.

— Tem uma dona Lizabete querendo falar com a senhora.

Celine agradeceu e estendeu o braço para apanhar o telefone que a empregada trazia. Fredo agarrou seu braço.

— Aiiii...

— Desculpa. Mas você conhece essa tal de Lizabete?

— Conheço, claro. Ela trata das minhas peles.

— Da sua pele?

— Não. Das minhas peles. Cuida da preservação dos casacos. Você me machucou. Está muito tenso.

Celine atendeu a mulher. Fredo ficou suspenso, imóvel, tentando sair da inércia, mas sem conseguir.

* * *

Bueno e Fredo sentaram na varanda do apartamento da Lagoa.

— Preferi aqui. Temos mais privacidade.

O político não conhecia o refúgio de Fredo. Encantou-se com o privilégio da paisagem. Bebiam cerveja mexicana gelada quando Stela atravessou a sala, sem nem mesmo olhar para os dois.

— Essa é Stela — disse Fredo, como se dissesse: é tudo que me aflige e me redime. Quase suspirou.

— Celine nunca vem aqui?

— Desde o nosso casamento, não.

— Então, está tudo certo — encerrou Bueno, sorrindo.

— Descobri ontem que essa menina tem 16 anos. Não tinha me ocorrido perguntar a idade dela.

— Bem, aí pode haver complicação.

— Mas não o chamei aqui por isso, embora sua área de formação seja o direito.

— Nunca exerci. Melhor chamar alguém atuante.

— Estou sofrendo pressões por causa de nossa amizade — admitiu Fredo.

— É natural. Não se pode servir a dois senhores. — O político sorriu.

— Mas acho que as suas orientações têm mantido a minha audiência alta. Estamos criando uma tradição de contar a verdade.

— Isso pode ser perigoso. O sistema vive do império da mentira, da mediocridade...

— Pois bem. A entrevista com o Sartori foi a gota d'água. Eles querem que você receba o mesmo tratamento.

Bueno deu uma longa gargalhada, jogando a cabeça para trás.

— Mas temem que o tiro saia pela culatra... Sua inevitável ascensão — continuou Fredo. — Eu não posso correr mais riscos... por você.

Bueno ficou sério. Os dois homens calaram-se. Fredo retirou mais duas garrafas do balde de gelo. Serviu-os.

— O que fazer? — disse Bueno. — Esse é o título de um texto de Lenin: "O que fazer"? O que você acha que eles fariam, se você continuasse me apoiando?

— Não sei. Eles podem me afastar da direção da empresa. Mas eu tenho poder sobre o *Rio Sampa Show*, e eles precisam do programa, que é o carro-chefe da audiência.

Stela e Fê sentaram-se na sala em posição de lótus. Fredo acenou para que se aproximassem. Agarrou a cintura de Stela e a colocou no colo.

— Esses são Stela e Fernando, jovens atores e namorados, que logo estarão na tevê. Esse é Bueno. Será o próximo presidente da República.

— Se eu vencer as eleições. Tem esse detalhe — disse Bueno sorrindo.

— Já está em primeiro. É só questão de tempo.

Os jovens sorriram, cumprimentaram Bueno, e Fredo os liberou.

— Ela é belíssima, Fredo. Parabéns.

— É a Celine de vinte anos atrás, sem tirar nem pôr.

— Você conhece a Celine há tanto tempo assim?

— Ela apareceu com o pai, lá na emissora. Eu era produtor. O pai foi pedir que veiculassem não sei que desmentido. Ela foi junto de enxerida, então eu a vi e fiquei *siderado*. Lembra dessa palavra da década de 1970? Celine era tal e qual Stela é hoje.

— Essas projeções podem ser perigosas — disse Bueno.

— É. Mas vamos ao nosso assunto: o que fazer?

— O mais recomendável seria um afastamento estratégico. Quando a minha vitória for, pelo menos aparentemente, irreversível, eles vão querer ficar ao meu lado. Vou indo. Tenho um palanque em Barueri daqui a duas horas.

Os homens se levantaram, e Fredo, inclinado na amurada, viu os jornalistas.

— Você seguiu as minhas recomendações, quando veio pra cá?

— Por quê?

— Olha lá embaixo.

Os carros dos jornais e estações de tevê lotavam a estreita e pacata rua Sacopã.

— Te descobriram aqui. Vamos entrar. Você sai por uma lateral, na casa do doutor Joel Almeida. É meu amigo. Uso o jardim dele para escapar nas emergências. O meu porteiro vai te ajudar na fuga. Ele apanha teu carro e contorna o quarteirão.

Bueno saiu e Fredo sentou-se em frente aos jovens. Capturava a energia dos dois, sua presença lhe fazia bem.

***

Fredo chamou Stela e Fê para uma conversa. Sentaram-se à mesa de jantar. Ele ofereceu um pacote de madeleines aos jovens.

— Sua mãe está em teu encalço, Stela. Esteve na minha casa. Temos que dar um jeito na situação.

— Não tenho mais nada a ver com ela.

— Ela é legal com você. Paga o teu colégio...

— Mas quer me controlar.

— Ela argumenta que você é menor.

— Stela tem 16 — confessou Fê.

— E você, tem quanto, Fernando?

— Faço 20 em setembro.

— Tenho uma ideia que resolve tudo. Vocês se casam e passam a morar num apart hotel. Cubro todas as despesas. Ela relaxa com você e todos vivem felizes para sempre. O que acham?

— Será preciso tanta encenação? — resmungou Stela.

— É uma forma de acalmar os ânimos. Tenho inimigos. Eles podem usar o fato de eu estar com uma menor. Instituo uma mesada de 5 mil para cada um... O que acham?

— Se o senhor acha melhor... — disse Fernando.

— E você, o que acha, Stela?

— Casar com o Fê não vai ser nenhum sacrifício...

— É necessária a encenação. Agora você volta pra casa e avisa que quer casar. Pede a licença dela.

— Mas a mamãe sabe que o Fê é duro... — argumentou a menina, enquanto enchia a boca de madeleines.

— Diz que ele conseguiu um emprego na tevê.

— Você pensa em tudo...

— Sou obrigado a pensar em tudo. Se você quiser, Fernando, pode ficar aqui enquanto a Stela resolve lá com a mãe. Agora, Stela, arruma as suas coisas e vai pra casa. Anda.

— Por que a pressa?

— Quanto mais rápido a gente resolver tudo isso, mais rápido vamos voltar a estar juntos e mais rápido vocês estarão na tevê. Agora vai.

— Tá certo, seu Fredo. Às vezes você parece a minha mãe — disse a menina, saindo em direção ao quarto.

Fredo a seguiu e a encheu de beijos enquanto seu coração disparava. Era o amor.

***

— Tudo vai girar em torno das eleições — disse Tom. — Os próximos três meses são decisivos.

Estavam reunidos na sala de produção: Fredo, Tom, Palmira, que viera de São Paulo para o encontro, e mais quatro assistentes.

— Já esculhambamos o candidato do governo, agora temos que dar uma traulitada na esquerda — disse Palmira com seu sorriso sarcástico, de conspiradora.

— Tentei o Bueno, mas ele não quer fazer já — alegou Fredo. — O que pode ser?

A sugestão veio de Palmira:

— Podemos fazer gente da extrema esquerda. Eles são engraçados, principalmente na atual conjuntura neoliberal.

— Boa — concordou Tom. — Podemos grilar o aparelho deles.

— Grilar?

— Você não sabe? É a palavra código pra "enfiar o SpyCam no mocó deles" — explicou Palmira.

— Ah. Legal. Grilem os esquerdistas, então — ordenou Fredo, pensando que seria uma forma de acalmar seus sócios.

— Vamos fazer em Sampa e no Rio também — acrescentou Tom à proposta.

— Ok. Eis a pauta. Mantenham-me informado.

Fredo saiu da sala. Quando pôs os pés no pátio, viu José Maria Martins encostando seu Alfa Romeo Spyder. Não havia como escapar. Dirigiu-se ao marqueteiro de Sartori.

— Belo carro, hein? Tem vaga pra mim no seu escritório de campanha?

Tentava quebrar o clima que, imaginava, reinaria entre eles depois do fiasco de Sartori no programa.

— É mais barato do que a sua Mercedes.

Caminharam juntos, Fredo sendo conduzido por Martins, que lhe agarrava o braço, até a sombra de uma mangueira que adornava o pátio.

— Não vamos conseguir conversar em paz aqui. — Fredo avistara o grupo de caçadores de oportunidade se aproximando.

— Ei, você aí... Você mesmo — disse Martins, sinalizando para um dos seguranças que controlavam a entrada de veículos. O homem se aproximou ao ver Fredo junto ao inquiridor. — Eu e o seu chefe vamos ter uma conversa aqui, cuide para que ninguém se aproxime — ordenou Martins.

O homem olhou para Fredo, que balançou a cabeça, concordando.

— Mantenha uma distância de 10 metros — continuou ordenando Martins, fazendo um sinal para que o segurança se afastasse. — Pronto. Podemos falar à vontade.

— Se você não se incomoda... — Fredo enfiou as mãos dentro do casaco de Martins e começou a apalpá-lo. — Apenas para evitar gravadores. Pronto, podemos falar — disse Fredo, soltando os braços.

— Bem, o seu programa causou estragos na candidatura do meu cliente...

— Desculpa, mas não foi o meu programa que causou estragos. A conduta de Sartori é que foi a causa dos danos.

— Isso não importa. Seu programa veiculou os petardos. Estamos estudando retaliações que vão causar fortes dores de cabeça ao seu canal. Podem, a curto prazo, levar até ao fechamento.

— Impossível.

— Não duvide. A regra de concessão de canal está na mão do governo, e vocês a infligiram diversas vezes, sem falar das irregularidades com o fisco.

— Outros canais estão em situação semelhante.

— A justiça não é o forte em política. — Martins sorriu, como um vilão de filme B.

— Muito bem, o que vocês querem de mim?

— Guerra, não. Apenas o mesmo tratamento. Tenho aqui um dossiê sobre Bueno, para ser divulgado pelo *Rio Sampa Show*.

Martins tirou do bolso um CD e o estendeu a Fredo.

— Isso aí tira o Bueno da disputa. Até mais.

Martins caminhou a passos largos até o carro prateado. Entrou e segundos depois arrancou, cantando pneu.

Fredo botou o CD no bolso da camisa e rumou para seu escritório.

***

Bueno ligou, mal o CD entrara no drive. Convidava para um jantar na casa de Álvar. Tornara-se tradição o encontro dos quatro, ora na casa de um, ora na de outro. Evitavam o inconveniente do encontro com pessoas erradas. Fredo aceitou o convite, sem mencionar a ameaça contra o amigo, que em breve lhe faria conhecer. Logo que desligou, viu na tela do computador os ícones de dois novos arquivos: Conexão Cris e Marina I. Abriu um deles, e o monitor se preencheu de nomes de empresas e pessoas. Fabricantes de armas leves, pistolas, fuzis, metralhadoras, granadas, silenciadores, coletes, miras de precisão, munição de vários calibres. Os nomes identificavam contatos em toda a América Latina. Um Nestor na cidade do México, um Ibarra em Lima, um Jorge em São Paulo e uma Solange no Rio de Janeiro. Ao lado do último nome estava anotado, em vermelho: codinome de Álvar do Aguiar Mello.

Descrevia também a contaminação. A vultosa renda, o padrão de vida, tudo era pago pelo comércio de armas no excelente mercado brasileiro, alimentado pelos confrontos entre as gangues de tráfico. Havia ainda o segmento dos sequestros, assaltos, e toda a contrapartida das empresas de segurança e exércitos particulares que os ricos mantinham em torno de si. A tão suave Álvar negociava a morte.

Fredo, de imediato, desejou sondá-la com a Câmera Espiã. Estava viciado nas possibilidades do recurso. Ligou para Tom e encaminhou o pedido. Haviam montado uma equipe de espionagem cara mas eficiente. Bastava o nome para que a pesquisa fosse feita, a residência localizada, os empregados subornados e as câmeras instaladas. Em alguns momentos encontraram fiéis criados que resistiram a apoiar as ações, mas essa dificuldade era contornada por outros subalternos, ligados a algum serviço usado pelos alvos. Fredo resolvera espionar Álvar e não avisar Bueno por enquanto. Teria depois os dois na mão. Era um luxo poder ajudar os amigos, sem que eles sequer soubessem.

**

Os dias seguintes foram doloridos. Fredo sentiu uma falta aguda da jovem amante. Fazia semanas que a possuía todos os dias. Nem sempre conseguia uma ereção, mas desfrutava de seu corpo suave. Energizava-o a disponibilidade da menina.

Na reunião de pauta pensava em Stela.

— Vamos assistir agora ao material gravado na redação do jornal *Tribuna Vermelha*. São remanescentes stalinistas, segundo me informaram — dizia Tom. Estavam em frente ao monitor, Fredo e os assistentes.

Dois homens surgiram na tela. Eram quarentões magros, com longos cabelos e vestidos de forma desleixada.

"Tem que pensar em alguma coisa pra pôr na capa", disse o que parecia mais velho. "Ora, vai aquela charge, com o presidente no banheiro fazendo cara de quem está cagando pro povo." "Será que é forte?" "O que poderia ser mais forte do que isso?" "O Sartori é que deve ser o alvo." "Ninguém leva o Sartori a sério." "Ilusão sua. Quando a máquina do Estado entrar em ação, ele vai saltar na frente." "Bom, e o que seria?" "Uma foto dele com balões de pensamento e de fala... Sabe como é? Os do pensamento são ligados por bolinhas. Os da fala, por uma linha direta. O pensamento vai dizer uma coisa e a fala, outra. Que tal?" "Essa capa é pra tarados por quadrinho, como você. O povão não conhece a gramática dos *comics*." "O povão não lê o nosso jornal. O povão quer é ver cadáver estampado na capa." "Então vamos colocar cadáver na capa. Temos que atingir o povo. A pequena burguesia não faz revolução..." "Qual cadáver?" "Pegamos uma foto desses jornais populares mesmo, e colocamos a cabeça do Sartori, dizendo: na presidência vou me fingir de morto pra roubalheira." "Muito óbvio." "Mas é engraçado." "Isso é." "Que tal um cadáver com duas cabeças? Uma do presidente dizendo para a outra, de Sartori: Continua apodrecendo que eu vou me mandar." "Essa é muito hermética." "Tá legal. A última: um cadáver daqueles da Baixada Fluminense, cheio de furos de bala e com um cartaz no peito: Brasil: executado pelo capital internacional."

Fredo deu uma gargalhada, e os demais o seguiram.

"É. Essa tá legal. Temos que ter a consciência de que é o capital internacional que nos oprime... Aonde você vai conseguir a foto do cadáver?" "Deixa comigo."

O magro mais velho saiu. O outro passou a folhear jornais.

— É isso o que temos, Fredo, de mais interessante.

— É pouco. E acho que estamos com o mesmo problema deles. Será que a matéria não vai ficar um pouco hermética?

— Pode ser — disse Tom.

— Mantenha o cerco.

— Não fechamos para o próximo programa a matéria com eles?

— Só se não surgir coisa nova. Mas acho que vem chumbo grosso lá do Martins.

— Vamos aguardar...

Fredo ordenara que "grilassem" o Martins, para proteger Bueno.

***

Na noite de segunda-feira, em novo horário, *Um Socorro Já*, o programa de Neil José, levou ao ar Sartori, que distribuiu atendimentos, cestas de alimentos e remédios e desfiou o seu programa de governo. "O país precisa continuar indo para a frente. Somos um país de futuros cidadãos."

O índice de audiência não foi alto devido à falta de novidades no discurso de Sartori e ao caráter adesista impingido à entrevista. Mas Paulo e Philip deram o programa como um exemplo de como a televisão deve tratar os assuntos do governo.

Na tarde do mesmo dia, Fredo recebeu as fitas gravadas no QG da campanha de Sartori. A primeira a que ele e Tom assistiram era de Martins e sua equipe. O marqueteiro dava instruções para a participação de Sartori no programa *Um Socorro Já*: "Consigam pessoas que liguem de vários pontos do Rio. Adesões abertas, elogios às obras do governo e ao senador; elogios escancarados, lembrem que esse programa é assistido por uma maioria de semianalfabetos, então nada de sutilezas", dizia Martins, enfático, gesticulando. "Temos que recuperar o que perdemos com a cretinice no outro canal. Quem é que tem a pauta?"

Um assistente se adiantou com um papel na mão. "Lê pra gente", ordenou Martins. "Temas a serem tratados em *Um Socorro Já*: expansão dos programas educacionais do governo; segurança pública..." "O que está pautado em segurança pública?" "Bom, o senador dirá que grande parte da insegurança nas grandes cidades se deve aos governos estaduais, mas vai aconselhar que as famílias se mantenham no aconchego do lar, evitando, dessa forma, tragédias como assaltos e assassinatos." "Prossiga." "Bem, tem também o item saúde e alimentação. O senador vai prometer dobrar a colheita de cereais no segundo ano de governo e aumentar a oferta de remédios distribuídos à população." "Quem forneceu esses dados?" "A assessoria do senador." "O senador vai dizer que no seu governo a fome vai acabar. Não vai haver um único brasileiro com fome. Só os vagabundos passarão fome, pode escrever. A parte dos remédios corta também. Vamos dizer que a saúde será plena em seu governo..." "Plena?" "Plena." "Por quê? Está estranhando o quê?" "Nada não." "No item cultura, a assessoria mandou..." "Cultura? Que cultura? No *Um Socorro Já* não existe cultura. Essa coisa de cultura é da classe média. O povo quer bacalhau, mulher pelada e loteria barata." "A produção do programa quer saber quem convida para dar depoimento sobre o senador?" "Ninguém vai depor, ninguém... Esses amigos dele não sabem falar com o povão. Vamos encher o programa com as lembranças de juventude. De como foi bem colocado na escola, de como é o fodão... O povo quer identificar o futuro presidente com o macho branco, de nível superior... Onde ele fez a pós-graduação?" "Na mesma universidade." "Não fez curso no exterior?" "Participou de um seminário, em Washington." "Põe isso em destaque," gritou Martins, cada vez mais exaltado, "o povo tem que saber que ele fala inglês bem. Coloca uma frase pra ele dizer em inglês." "Uma frase em inglês?" "É. O Neil José pergunta qual o pensamento predileto dele, aí ele responde: *This day is the first day of the rest of my life*, e depois traduz, dizendo que ali começa a sua luta pela redenção do povo brasileiro... Todo mundo vai sacar que ele não é monoglota mas que se preocupa com a população... Aliás, tira a palavra redenção que parece coisa de católico. Põe que ele luta pelo sucesso do povo. Todo mundo sabe o que é sucesso e ninguém tem nada contra. E fiscalizem a pronúncia do senador na frase em inglês. Ele é ruim de línguas..."

Fredo gargalhou com a ênfase de Martins nas dificuldades do candidato.

— Ficou por aí a gravação — disse Tom. — Foi um dia antes do programa do Neil.

— É ótima. Arranja uma cópia da fita pra mim. Vou estudar em casa o uso que podemos fazer dela.

Dez minutos depois, Fredo saiu da emissora carregando na pasta a dinamite pura de Martins.

* * *

Após o jantar, Fredo se aproximou de Álvar, que acendera um cigarro na varanda. Agarrou o braço da namorada do amigo com força.

— Preciso falar com você. Amanhã. É importante e muito confidencial. Não comenta com ninguém.

— Não precisa esmagar o meu braço. Estou curiosa. O que houve?

— Recebi um dossiê que te incrimina, e seriamente. Está em mãos de pessoas que não hesitarão em te detonar, para atingir o Bueno.

— Te ligo no final da manhã.

— Combinado. Se quiser vá almoçar.

Celine aproximou-se.

— Quem cochicha o rabo espicha — disse ela.

— Eu estava contando pra Álvar a última do presidente...

— É mesmo? E qual é?

— Não foi divulgada. Era tão imoral que o Congresso não aprovou.

— Parece piada do Bueno — disse Álvar. — Ele adora malhar o pobre do governo.

— O governo é tudo menos pobre — rebateu Fredo.

Bueno voltou do banheiro. Estava alegre.

— Como é? Ouvi pela metade. A última do presidente não existe por quê?

— O Congresso não aprovou porque era muito imoral — repetiu Fredo, rindo.

— Essa piada deve ter sido bolada por um congressista, pra livrar a cara deles. Imoralidade jamais os impediria de aprovar qualquer coisa — disse Bueno, rindo enquanto abria uma lata de cerveja.

— Você é congressista, Gabriel. Está desprestigiando a sua instituição — recriminou Álvar.

— É. Mas não sou corporativista. A autocrítica é necessária.

— É verdade, Bueno. Admiro em você essa coragem — endossou Fredo.

— Mas essa postura o torna antipático diante dos colegas —
retrucou Álvar.

— Os colegas que me discriminam por minha posição legítima não merecem apreço — sentenciou Bueno.

— Bueno tem posições firmes — observou Celine.

— Acho-o um pouco radical — disse Álvar, com voz infan-
til e fazendo biquinho.

Bueno a puxou para si dando vários beijos em sua boca e
suas faces.

— Mas você gosta de mim assim mesmo, não é, amor?

— Gosto, assim mesmo...

Celine e Fredo bateram palmas repetindo:

— Ca-sa, ca-sa, ca-sa...

Fredo pensou em como estava próxima a separação dos dois.
Em como as aparências enganam. Por fim, pensou em Stela.

***

Stela, Stela, Stela, ele fazia tudo pensando na menina. Na tarde do dia seguinte, estacionou quase em frente ao prédio dela,
e ligou. A mãe atendeu. Ele desligou. Dez minutos depois, ligou novamente. De novo a velha. Sua sogra, pensou sorrindo.
Cogitou comprar a mãe da menina. Seria fácil. Bastava oferecer um apartamento ali na Tijuca mesmo, de cinco quartos.
Com 200 mil dólares resolveria o seu problema com a família
dela. Mas iam querer que ele assumisse. Será?

Ligou novamente, e dessa vez Stela atendeu. Seu coração
disparou. Não se apaixonava assim havia muitos anos, se é que
algum dia amara tanto alguém.

— Oi, tudo bem...?

— Quem fala? É você? Fredo?

— Claro, meu amor, claro que sou eu. Só penso em você: dia, noite, madrugada, em casa, no trabalho, só em você, você só, meu amor... Desce, quero te ver. Vamos dar uma volta...

Meia hora depois estavam subindo para o Alto da Boa Vista.

O capô prateado da Mercedes brilhava ao sol, e Fredo sentia-se muito feliz. Os compromissos não mais lhe oprimiam. Amava, e se julgava amado.

— Quer casar comigo, Stela?

Ela não respondeu. Ele repetiu a pergunta. Ela demorou ainda mais.

— Sou tão jovem, Fredo. E você é O Cara... Quantas eus vão passar por você ainda?... Quem sabe não mantemos as coisas assim...? Eu caso com o Fê... E você continua sendo O Cara...

Estacionaram no alto. Ele a trouxe para seu colo, beijou-a, e logo ejaculou fartamente.

***

Pouco antes de Álvar chegar, Fredo recebeu um telefonema de Martins.

— Dou três dias para você denunciar Bueno por envolvimento com o tráfico de armas. Quero que seja o seu programa a desmascará-lo.

Fredo defendeu o amigo, dizendo que Bueno não sabia das atividades de Álvar.

— A nós, pouco importa — retrucou o marqueteiro. — Um candidato da esquerda deve saber com quem se mete. Meu araponga descobriu a história em uma semana.

— E se eu não fizer isso?

— O assunto vai para todos os jornais e tevês. E acredite, seu nome vai ser citado como envolvido...

Fredo ficou em silêncio.

— O recado está dado — disse Martins, e desligou.

Fredo ligou para Álvar. Ela o aguardava no saguão.

***

Capricciosa, pizzaria de Ipanema, 13h23.

— Esse lugar é o cúmulo da transparência — comentou Fredo, rindo-se das grandes janelas envidraçadas. Os frequentadores, lá dentro, eram expostos ao olhar dos passantes.

— Como não somos amantes, não há inconveniente — ela também sorriu.

Era especialmente bela. Mulher madura, de sensualidade exuberante. Fredo compreendia a paixão do amigo.

— Então, qual é o problema?

— Eles vão te usar pra detonar o Bueno.

— Se eu não estivesse com ele, me deixariam em paz. Pago propinas que vão dos fiscais da Alfândega a juízes e Polícia Federal. Quase 100 mil por mês. E a coisa vem estourar logo daí — lamentou-se. — Você tem alguma ideia do que devo fazer?

— Deixá-lo — disse ele, olhando a garrafa de Aniceto de Modena.

— Em que isso ajuda o caso?

— Eu tenho um vídeo que pode segurar o Martins.

— Quem é Martins?

— O chantagista.

— Se você pode segurar o Martins, por que eu devo deixar o Bueno?

Fredo manteve-se calado. Fatiou a pizza de *alice* olhando para o prato.

— Entendi. Você acha que sou má companhia para o seu amigo. — Álvar fez uma careta.

— O Bueno vai ser o presidente da República. Você vai ser a primeira-dama? Pretende fazer seu bunker de traficante de armas no Palácio do Planalto?

— Você fala em largar o negócio como se fosse fácil abandonar uma atividade que rende 10 milhões de dólares por ano, livres de impostos.

— Álvar, o Bueno é um cara do bem...

— E eu não sou, Fredo?

— Você vende as armas que são depois usadas para praticar os crimes que acontecem na cidade, Álvar.

— Alguém tem que vender, Fredo.

— Não. Bueno lhe diria que vai acabar com esse negócio. Se ele descobrir o seu envolvimento, vai te odiar pra sempre.

Calaram-se.

— Você está suficientemente rica, Álvar, larga isso...

— Você livraria a minha cara?

— *Você* livraria a tua cara, Álvar. — Fredo sentiu que ela pensava em ceder.

— Preciso estudar a situação. Não é tão simples. Se eu não fizer as coisas direito posso ser morta por meus sócios internacionais. Quando meu marido morreu, deixou esse esquema organizado. Eu sabia pouco, mas aos poucos fui entendendo do negócio. Preciso pensar.

— Te dou 24 horas pra decidir, e um mês pra abandonar tudo.

Ela assentiu, aceitando a proposta.

Comeram e conversaram sobre variados assuntos. As despedidas, na calçada.

— Só quero que você saiba, Fredo, que com um único telefonema eu liquidaria você, Martins, Bueno e quem mais ousasse interferir em nossos negócios — disse, junto ao ouvido dele. Depois o beijou e se afastou em direção ao Porsche estacionado do outro lado da rua.

**

O fim de semana chegou surpreendendo a todos com os grandes jornais mostrando Bueno isolado no primeiro lugar. A pesquisa lhe atribuía 35 pontos percentuais. Sartori ocupava o terceiro posto, com meros 12 pontos.

A segunda-feira começou para Fredo com um recado de Martins pedindo contato. Ele sabia do que se tratava. Resolveu não retornar imediatamente. No entanto, as horas foram passando, e Fredo temia um ataque do marqueteiro.

— Alô, Martins? Como vai?

— Estou esperando você agir.

— Um boy vai entregar ainda agora de manhã um DVD pra você. Assiste e me liga.

Martins não se despediu ao desligar. Destilava ódio por Fredo.

Tom trouxe o material do programa seguinte, em que iria ao ar o tema da extrema esquerda. Fredo assistiu às engraçadas e ridículas cenas dos militantes vivendo numa defasagem histórica de pelo menos trinta anos.

— Precisamos comentar isso direito. O Bueno é o cara certo. Política é com ele — disse Tom.

— Bueno não é nosso redator. Isso está virando um vício. E se ele se elege? Vai parar de comandar o país pra escrever nossos textos? — argumentou Fredo.

— Bom, enquanto ele não se elege, pode ir dando uma força.

— Ok, mande pra ele, mas vamos atrás de um redator decente. Um, não, dois ou mais... Quem é o entrevistado ao vivo, amanhã?

— Esse cara — disse Tom, estendendo um dossiê sobre Juan de Almeida.

— É espanhol? — perguntou Fredo, vendo o nome estampado na pasta de papelão.

— Nada. O nome dele é João. Mas achou melhor irmanar-se aos demais latinos.

— Pelo jeito é um babaca.

— Completo. Mas é esperto e informado, por incrível que pareça.

— Deixa comigo.

A menina da produção veio interromper:

— Ligação pra você, Fredo.

— Alô. Pode completar — disse ele à secretária. Não tinha dado o número do celular para Martins. Ele o caçava de outras formas.

— Alô. Fredo Bastos? Precisamos falar sobre essa gravação ilegal que você realizou em minha sala. Isso pode ser um Watergate...

— Não precisamos falar de nada, Martins. Você esquece que eu existo e eu também faço o mesmo. Ok?

— Você pensa que o seu poder é ilimitado... Mas vai descobrir que não, Fredo Bastos.

— Tô cagando pras suas advertências e ameaças, Martins. Tenha um mau dia. — Desligou.

Tom e os assistentes de produção ficaram estáticos com o ataque de fúria de Fredo. Ele bateu palmas e sorriu.

— Vamos trabalhar, gente. O *Rio Sampa* tem que ir ao ar.

Todos voltaram-se para suas tarefas, enquanto Fredo saía da sala, pensando em Stela.

***

Fredo não tirava a menina da cabeça, e cada vez mais lhe parecia que ela deveria ser sua mulher, mãe de seus filhos... Engraçado, querer filhos. Nunca antes lhe ocorrera a ideia. Celine havia tocado no assunto; buscara o especialista para tratar do problema da ejaculação precoce pensando nisso, mas ele mesmo só levava a sério a ideia agora, ao se imaginar casado com Stela. A pequena e suave Stela. Que maldita trama seria fazer com que a mulher amada casasse com outro, como cobertura para a vida dos dois... Não fazia sentido... Por outro lado, socialmente, Celine era perfeita...

— Sim? — disse Fredo atendendo ao celular.

— Que tarefa você me mandou, hein, camarada? Presente de grego... — Era Bueno acusando o recebimento do DVD.

— Teve tempo de ver?

— Tive. Aqui no comitê. Os caras são arcaicos, Fredo... A extrema esquerda é muito semelhante à extrema direita. Eles são apoiados por políticos corruptos que os usam...

— Ok. Diz isso no texto...

— Olha, meu tempo tem encolhido cada vez mais. Estou indo para Brasília dentro de meia hora. Vou escrever no avião e te mando por e-mail. Mas acho que a nossa colaboração daqui pra frente vai ficar cada dia mais difícil.

— Vou aproveitar até o último minuto — disse Fredo sorrindo.

— Certo. É o maior prazer. Vamos almoçar qualquer dia...

— Ok.

Fredo desligou pensando em como Bueno se tornara, de longe, seu melhor amigo, depois voltou a mente para Stela.

***

O que se vê é um salão atravancado de mesas e cadeiras. Alguns computadores desligados dão a aparência de uma empresa, mas as paredes estão cobertas por cartazes, avisos, com nomes das mais diversas organizações políticas alternativas. O anúncio de um seminário obscuro de sociologia figura ao lado da convocação do sindicato dos maquinistas industriais; o cartaz da mostra de cinema político venezuelano, entre a lista dos sem-terra desaparecidos e a partitura da "Internacional"; além da foto rabiscada do presidente da República com máscara de assaltante e o cartaz do Che com sua boina — tudo um tanto empoeirado e compondo um clima de abandono. A câmera se aproxima da maior mesa do ambiente. Simples, de madeira com seis lugares, dessas que ficam nas cozinhas para o trabalho auxiliar. Atrás dela está Juan. Quando percebe que é enquadrado, de frente, ergue o braço com o punho fechado e franze os lábios. É magro e moreno, usa uma barba rala, calça jeans, camisa de corte militar e botinas.

"Este é Juan Almeida, autodenominado militante socialista. Ele crê que contribui para a luta política ao exibir-se com os mais surrados ícones da esquerda latino-americana. Vive num lapso de tempo irreal. Mas esse não é o maior problema de Juan...," começou a narrar uma voz em off.

Corte para o estúdio de gravação, onde, ao vivo, Juan está com Fredo, usando a mesma roupa que usava quando foi filmado na redação de seu jornal.

— Você é comunista, Juan Almeida? — pergunta Fredo, de chofre.

— Marxista-leninista — responde o outro, sério.

— Traduz para os nossos espectadores, por favor — pediu Fredo.

— Seguimos as diretrizes bolcheviques de tomada do poder, estabelecidas pelo camarada Lenin na revolução de 1917 — discursa Juan.

— Acho que continuamos na mesma. — Fredo sorri.

— Aproveitando o desgaste das elites dirigentes, solaparemos os alicerces da sociedade burguesa — continua Juan, ainda muito sério.

— Certo, certo, vamos mudar de assunto. Qual a primeira medida que você tomaria se chegasse ao poder?

— Reuniria o comitê de governo provisório.

— E depois?

— Determinaríamos as diretrizes de um plano para a erradicação dos atuais quadros do governo. — Ele continua sério.

— O atual governo sofreria represálias?

— Certamente. Eles não escapariam de um justiçamento sumário.

— Você quer dizer que seriam fuzilados?

— A forma de execução deve ser estudada de acordo com o novo plano econômico a ser implementado. Talvez fossem enforcados.

— Mas não existe a pena de morte no Brasil...

— Existe sim, claro que existe. Os operários e suas famílias estão condenados à fome e à alienação. A fome é o que leva à morte e a alienação é a própria loucura, pior do que a morte.

Corte para Juan novamente na redação do jornal. Ele mostra, orgulhoso, para a câmera, os exemplares que chegaram da gráfica. "Juan é uma anomalia social. Um homem fora de seu tempo, que, com sua postura cobre de desconfiança a oposição consequente do país. Seu jornal é um panfleto furioso contra qualquer orientação diferente da sua ideologia, que é autoritária, e sua arma é o medo", diz a narração em off.

Voltando ao estúdio, as câmeras flagram Juan de braços cruzados olhando para um ponto em frente, enquanto Fredo consulta suas anotações.

— Em quem você vai votar? — pergunta Fredo.

— Vamos denunciar a falência do projeto de democracia formal estabelecido pela burguesia corrupta, aliada ao capital internacional.

— Você é casado?

A câmera desfila por um bairro elegante de São Paulo. Mansões cercadas por altos muros e jardins suntuosos se sucedem. Um muro é enquadrado. Há um portão de garagem e uma portinhola ao lado. O quadro fecha na campainha.

"Aqui vive o financiador de Juan. É um dos homens mais ricos do país. Mais de cinquenta processos tramitam na justiça contra ele." Vê-se a mão do repórter apertando a campainha.

"Juan roda seu jornal com o dinheiro deste magnata."

Ouve-se uma voz, vindo do interfone ao lado da campainha, perguntando quem é.

"É a produção do *Rio Sampa Show*. Queremos falar com o deputado..."

"Ele está viajando."

"Mas nós o vimos entrando no carro..."

"Foi engano. Ele está no exterior."

Narração em off: "O deputado não fala com a imprensa sobre assuntos que não lhe interessam. A ligação com o grupo radical de Juan não é algo que lhe interessa comentar."

Ao vivo, Fredo tenta entrevistar Juan, sem muito sucesso.

— O que você gosta de comer?

— Um militante sério subordina o seu paladar a condições objetivas de sobrevivência.

— O seu chefe não faz o mesmo. Anteontem ele abriu as portas de sua mansão para receber a alta sociedade paulista e contratou um bufê de 200 dólares por cabeça.

— Não seremos frágeis a ponto de aceitar provocações. Se ele fez é porque deveria fazê-lo — diz Juan sem alterar a fisionomia.

— Você sabe que seu chefe tem dezenas de processos por corrupção ativa em tramitação?

A câmera focaliza os militantes distribuindo o jornal na estação de trem.

"Juan e seus colegas são usados por um político desonesto que faz deles agentes eleitorais para boca de urna. Eles são o que se costumava chamar, na década de 1970, de inocentes úteis. Ou militantes inúteis", diz o narrador em off, encerrando o quadro.

***

Fredo não gostou do resultado do programa sobre a extrema esquerda, embora as pesquisas tivessem apontado 30 pontos na escala de audiência. Achou o texto de Bueno muito ideológico e agressivo para com o financiador de Juan Almeida. Tinha razão. No dia seguinte receberam a informação de que seriam processados por calúnia e difamação. Tais processos nunca chegavam a nenhuma condenação, mas incomodavam.

Pensava nisso enquanto abria o carro no estacionamento da emissora. Foi surpreendido por Stela, ao seu lado. Encantamento. Fredo não teve qualquer prurido em abraçar a menina à vista de todos e rodar com ela, sorridente, de coração. A leve Stela o emocionava. Entraram no carro e partiram.

A menina o procurava querendo mudar de casa. Viver a vida.

— É claro, meu bem. Convida o Fê para marcar o casamento...

— Ele se mandou — disse a menina.

— Pra onde?

— Foi embora, com um amigo. Ele é bi...

— Foi embora?

— Pra Santa Catarina. Vai viver numa praia. Estou sozinha.

— Não. Você nunca mais vai estar sozinha. Eu estou com você.

Fredo fez um balão, passando por cima de um canteiro, e acelerou em sentido contrário.

— Vamos aonde? — ela quis saber.

— Falar com a sua mãe.

— Você pirou?

— Que nada. Vou abrir o jogo com ela. Quero que você seja minha mulher.

— Ela não é muito de entender as coisas... Se eu fosse você, não faria isso.

— Deixa por conta da minha lábia.

— Ela não gosta do seu programa. É muito católica, e diz que você é um herege.

— Boa dica. Vou considerar — disse Fredo, acelerando. — Como é mesmo o nome dela?

Entraram no prédio de mãos dadas. A menina abriu a porta com a própria chave.

— Stela?

Fredo reconheceu a voz. A mulher surgiu na sala usando robe e cabelos enrolados numa toalha. Parou, estarrecida, quando viu Fredo.

— Precisamos conversar, senhora.

O telefone os interrompeu.

— O senhor é muito abusado.

— Vai atender.

— Estou na minha casa. Eu é que decido se vou atender ou não.

— Ele só está sendo gentil — resmungou Stela.

— E você cala a boca — replicou a mulher, indo até o telefone que continuava tocando.

— Alô. Sim? Se eu vi quem entrou no prédio? Claro, Finoca. Ele está aqui em casa. Depois explico. — Virou-se para Fredo: — A vizinha viu você entrar no prédio. A Finoca não faz nada além de controlar quem entra e quem sai. O senhor é muito conhecido. Está de mãos dadas com a minha filha... Um homem que tem idade pra ser avô dela.

— Por favor... Como é seu nome?

— Elsa.

Quem respondeu foi Stela, vendo que a mãe nada diria.

— Dona Elsa, eu amo a sua filha. Quero que ela seja minha esposa. Mãe dos meus filhos.

— Ou seja, quer desgraçar a vida dela.

— A senhora é muito dura.

— Duro é o senhor, que pra satisfazer seus desejos impuros não hesita em seduzir uma criança.

— Por favor, mamãe... Não foi ele quem...

— Cala a boca, Stela, você não tem idade pra entender no que está se metendo.

— Dona Elsa, como eu poderia demonstrar minhas boas intenções?

Calaram-se.

— Não me interprete mal, mas posso oferecer um dote à senhora. Para que possa ter uma vida tranquila... Quinhentos mil é uma boa oferta?

Ficaram novamente calados. Elsa sentou no sofá.

— Me esforcei muito pra pagar a escola de teatro, embora achasse que esse meio não dá boa coisa...

— Além do dote vou fazer o possível pra auxiliar na carreira dela.

A mulher pareceu começar a mudar de opinião.

— O senhor pretende deixar o seu lar? Não quero que minha filha seja mais uma vagabunda que desmancha os lares alheios... Meu marido foi vítima de uma vampira dessas... Felizmente, Deus o levou.

— Preciso de um tempo. Mas não vai haver nenhum ônus moral pra Stela.

— Senta. Stela, prepara um cafezinho pro seu noivo.

— Por favor, mamãe, sem ordens.

— Não precisa fazer nada não — disse Fredo, sentando-se. — Eu tenho compromissos daqui a pouco do outro lado da cidade. Stela, vai arrumar as suas coisas. Você vai pro apartamento da Lagoa. A senhora pode visitar sua filha sempre que desejar.

Stela olhou para a mãe, que balançou a cabeça em sinal de sua concordância.

— O meu advogado vai entrar em contato, o mais cedo possível, para fazermos um documento legalizando a situação — disse Fredo quando Stela saiu da sala.

— O senhor está levando uma menina criada com todo o carinho — disse Elsa, e olhou para o retrato de Cristo acima da soleira da porta. — Ele é testemunha.

Quando saíram, na entrada do prédio um grupo de vizinhas aguardava a filha da dona Elsa, para vê-la saindo com o apresentador do *Rio Sampa Show*.

***

Ao instalar Stela, oficialmente, no apartamento da Lagoa como sua segunda esposa, Fredo sentiu-se totalmente feliz. Precisava apenas coordenar os horários para manter a sua bigamia funcionando perfeitamente. Amava a ambas. Era como se Stela fosse a versão rejuvenescida e suburbana de Celine.

— Você é a dona da casa; comporte-se como tal — disse para a menina. — A Lucelina cuida do apartamento e do que você precisar. Vou providenciar um cartão pra você comprar o que desejar.

— Não me trata como uma tchutchuca, Fredo. Quero estudar teatro.

— Você vai... Na escola que escolher...

Abraçaram-se longamente.

— Viu como não houve complicação?

— Você decidiu o jogo naquele lance dos quinhentos.

— Não julgue sua mãe tão mal. Ela viu que o meu sentimento era sério...

— Pode ser, mas os quinhentos ajudaram a decidir.

A menina sentou no colo dele. Uma ereção imediata e logo depois a ejaculação coroaram a tarde dourada.

***

Fredo entrou em casa sorridente. Amava, e possuía o objeto de seu amor. Jogou-se na poltrona e admirou a superfície azul do mar. Era um homem realizado.

— Você está aí, meu bem?

Fredo voltou a cabeça e viu Celine entrando no salão. Ela sentou no braço da poltrona e depois rolou para o seu colo. Ofereceu os lábios, que Fredo beijou, ávido. Não perdera o tesão pela esposa, e isso o alegrava.

— Qual seria a melhor notícia que eu poderia te dar?

— Pergunta difícil. Vivemos uma vida tão perfeita.

— Não te falta nada?

— Sei lá, sempre falta alguma coisa.

— E o que é que está faltando?

Fredo tentou pensar rápido na coisa óbvia que deveria estar faltando e não lhe ocorria, então teve o estalo.

— Você...?

— Isso, meu amor, isso... Estou grávida.

Não era, na verdade, tão boa notícia. Ele pensara em, futuramente, pedir a separação para assumir Stela, mas... Por que não ambas? Isso o fez abrir um grande sorriso. Abraçou e beijou a mulher com força.

— Obrigado, obrigado, Celine. Já deu pra ver o sexo? Se for menino, vai ser o futuro diretor-presidente do grupo.

Beijaram-se novamente.

— Precisamos fazer uma recepção para os amigos. Comunicar e dividir a nossa graça — continuou Fredo, inspirado.

— No próximo fim de semana a gente promove um open house — disse Celine, e o beijou novamente.

* * *

Dez minutos depois de Fredo chegar à emissora, Paulo, Philip e Martins entraram em sua sala. Sequer bateram ou se fizeram anunciar. Fredo tomou isso como uma demonstração de poder.

— Precisamos conversar — disse Paulo.

— Sentem-se.

Paulo e Martins se sentaram; Philip, como de hábito, ficou de pé, encostado no batente da janela.

— O caso é o seguinte, Fredo. Nosso grupo vai apoiar a candidatura do Sartori. É uma decisão de todos os sócios, sendo seu voto, portanto, vencido — anunciou Paulo, num tom muito sério.

Fredo notou a dificuldade que ele teve em dizer aquilo. Sabia que Paulo só apoiava Sartori por questões estratégicas.

— Você não tem nada a dizer? — Paulo perguntou, diante da mudez de Fredo.

— Não tenho nada contra. O que for necessário, de minha parte, farei de bom grado, desde que não envolva o *Rio Sampa Show*.

— E por quê? — perguntou Martins.

— Porque o *Rio Sampa Show* é um programa real, tem audiência, não pode fazer concessões contra seu público. Só o que dá audiência vai ao ar. Não podemos jogar propaganda eleitoral disfarçada sem espantar o público.

— E pra esquerda pode? — cutucou Martins.

— Engano seu, Martins. Só veiculamos a realidade brasileira. No último programa, por exemplo, fizemos uma reportagem que ridiculariza a esquerda. Estamos inclusive sendo processados.

— Aqueles doidos já são suficientemente ridículos — contestou Martins. — Ninguém dá crédito a eles.

Calaram-se novamente.

— Você se recusa a receber o senador para uma entrevista preestabelecida? — perguntou Paulo.

— Totalmente. Ele já veio ao programa. Não há mais o que dizer.

— E quanto a mostrar a verdadeira face de Bueno? Isso poderia dar ibope — disse Philip, entrando na conversa.

— Qual é a verdadeira face de Bueno? — perguntou Fredo.

— A de sócio do comércio da morte.

— O Martins mostrou o material a vocês?

— Mostrei. A sociedade brasileira precisa conhecer o lobo que há sob aquela pele de cordeiro.

— Ora, não me venha com essa mistificação. O Bueno não sabe das atividades da namorada. Seria torpe usar isso contra ele.

— Ele é tão ingênuo a ponto de não se interessar por saber de onde vem a fortuna da mulher? — rebateu Paulo.

— A Álvar é viúva de Del Vecchia. Ele era comerciante de armas, mas a família dela é rica há duzentos anos.

— O seu programa é o canal certo para detonar a candidatura do Bueno. Seria de um único golpe — sugeriu Philip.

— Por que vocês não veiculam em outro canal? Não vão faltar interessados. — Fredo sentia que jogava o amigo aos mastins.

— O Sartori quer fechar um acordo com a gente, Fredo. Apoiaríamos integralmente a candidatura. Em troca teríamos a concessão de mais quatro repetidoras, além do perdão da nossa dívida com o governo, que é de 100 milhões — disse Paulo, apertando o cerco

— Se o *Rio Sampa* perder a credibilidade, perde também o público. E é o único programa que tem audiência em nossa grade.

— Mas o apoio a Sartori é assim tão grave? — quis saber Philip.

— Mais do que você imagina. O Sartori está associado ao governo, e ninguém mais põe nem uma ficha nessa administração. Todos nela são sabidamente corruptos. Os escândalos espocam como pipoca. Ou não?

— O povo tem memória curta. Você sabe — disse Martins.
— Sartori vai ganhar essa eleição. A partir da próxima semana vamos jogar 200 milhões na campanha e eu quero ver se ele não decola.

Calaram-se novamente.

— Bem, eu não gostaria de ter que chegar a esse ponto, mas você me obriga — disse Paulo. — Leia o contrato que assinou conosco. Não podemos mexer na parte editorial do seu programa, mas podemos tirá-lo do ar. A multa de rescisão é alta, mas você pode tentar conseguir um outro canal que assuma o ônus. Duvido é que você encontre quem assuma o risco de se colocar contra o governo. Vamos tratar de informar a sua postura rebelde. Quer comprar essa briga?

— Não há alternativa?

— Não — disse Martins, com seu sorriso de vilão vagabundo.

— Preciso de 24 horas para pensar.

— Te dou uma hora. Vamos tomar um café e voltamos daqui a 60 minutos — sentenciou Paulo, olhando o relógio.

Saíram calados. Fredo ficou só na sala vazia.

***

— Hoje vamos receber o homem que galgou, desde o último lugar nas preferências dos eleitores, um ano atrás, até a liderança absoluta que ocupa hoje nas pesquisas de opinião para as eleições presidenciais do próximo mês. Entre, Marcantônio Bueno — diz Fredo, anunciando o amigo. Abraçam-se em frente às câmeras, e os 20 milhões de telespectadores não têm dúvidas de que ali estão dois homens que se querem bem. — Bueno, hoje não vamos falar de programas de governo, porque esse é o seu assunto no horário eleitoral e todo mundo o acompanha.

Na verdade eu o trouxe aqui, como é tradição em nosso programa, para que assista junto conosco a um vídeo extremamente constrangedor. Está disposto?

— Estou, Fredo. No que eu puder esclarecer...

— Você pode... Aqui, diante do nosso público, você vai falar desse aspecto tão importante da política nacional. Roda o vídeo.

Numa sala mal iluminada, dois homens conversam. Um deles, de costas, está sentado.

— Trinta dias é pouco pra virar esse resultado, se as tendências continuarem assim — diz o homem em pé, que tem na mão uma xícara na qual dá goles pequenos.

— Precisamos de ação de impacto. Alguma coisa em televisão... Podemos usar o grupo do Paulo...

— E eles vão topar se comprometer com um candidato que está em terceiro lugar? — questiona o que está em pé, e bebe o resto do café.

— Negociei a dívida que eles têm com o governo. O Sartori falou com o ministro.

— E o que seria essa ação de impacto?

— Temos um vídeo com a namorada do Bueno... Ele não sabe que a mulher é traficante de armas...

— Traficante de armas?

— Isso mesmo. Uma ricaça. O Bueno vai cair como um pato alegre...

Toca o telefone e o homem sentado vira-se para atender: é Martins.

— Alô? Oi, depois, estou numa reunião importante...

Martins desliga e dá as costas novamente para a câmera.

— Mas como isso pode influenciar a eleição?

— Vamos derrubar o Bueno, ora...

— Mas se ele não sabe...

— Ele não sabe, mas o público não sabe que ele não sabe. Jogamos um vídeo com criancinhas assassinadas nas favelas por armas vendidas pela namorada do candidato. Isso derruba ele... Com certeza.

— Será?

— Carvalho, política é marketing, é espetáculo, é escândalo, e nós temos o melhor espetáculo nas mãos.

A imagem congela.

Corte para o rosto espantado de Bueno.

— Sei que é espantoso. Nada foi provado ainda... Mas eu pergunto: você sabia dos acontecimentos que as pessoas desse vídeo citam?...

— Olha, Fredo, como os próprios acusadores admitiram, eu não sabia de nada até esse momento... Custo a crer... Em política, onde os mais largos interesses estão em jogo, tudo é possível, tudo pode ser verdade ou não.

— Mas isso altera alguma coisa em sua visão do problema?

— Qual dos problemas: o marketing ou o tráfico de armas?

— Os dois — diz Fredo, sorrindo.

— Quanto ao tráfico de armas, é um caso de polícia e de legislação. Proibir a fabricação de armas e reprimir o tráfico. Já o marketing político é uma questão mais delicada. Cada vez mais a opinião pública pode ser manipulada. As últimas gerações são muito visuais. As ideias cada vez mais cedem lugar para os apelos visuais... A aparência física...

Bueno fala com dificuldade, tartamudeando.

— A aparência das coisas engana, Fredo... Mesmo os que se julgam mais preparados são surpreendidos...

As lágrimas correm pelas faces do candidato.

Fredo abraça o amigo, depois se vira para a câmera e a cobre com a mão espalmada.

* * *

— Isso foi traição, Fredo — disse Paulo, caminhando ao lado dele a passos largos.

— Eu fiz o que prometi, joguei o caso no ar.

— Ora, não se faça de ingênuo! Você o redimiu de forma simultânea. Ele chorando no ar. Vai ser eleito. Graças a você.

— Por favor, não se antecipe ao futuro.

Paulo agarrou Fredo e o empurrou contra a parede. Estavam a sós no hall dos elevadores.

— Você está fora. *Rio Sampa* foi ao ar, hoje, pela última vez.

— Bobeira sua, Paulo. Isso não vai melhorar nada.

— Vai melhorar. Vai mostrar que nós não sabíamos da sua trapaça.

— Essa fidelidade canina ao governo é que te faz medíocre. Vamos estar do lado do novo presidente.

— Só que eu não acredito que sejamos vinho da mesma pipa, Fredo. Ele vai querer mexer no sistema. Vamos sair perdendo. Ele não perdoaria a nossa dívida. Tenho certeza.

Um grupo de funcionários surgira e agora, esperando o elevador, estava atento à conversa dos chefes. Fredo, ao perceber isso, pegou Paulo pelo braço:

— Vamos para a minha sala.

— Não há mais o que dizer — resmungou Paulo, se desvencilhando.

Fredo agarrou novamente o homem e o fez entrar na sala. Passaram pela secretária agarrados. Ela se levantou, surpresa, e abriu a porta do gabinete.

— Agora estamos a sós, Paulo — disse Fredo, trancando a porta. — O que eu posso fazer para manter o *Rio Sampa* no ar?

— O que você deveria fazer não fez. É tarde.

— Eu não podia arriar as calças pro Martins. Pra qualquer um, menos pra ele. O que eu posso fazer?

— Não sei, Fredo. Eu também abomino o Martins... Mas ele é o representante do poder aqui, neste momento.

— Não há o que fazer?

A porta se abriu e Martins entrou.

— Vim aqui dizer que sua carreira em televisão acabou, Fredo Bastos. Qualquer canal que te contratar vai sofrer represálias. Mude de profissão, de preferência de país...

— Cai fora do meu gabinete.

— Saio com o maior prazer. Saio sabendo que logo não vai ser mais o seu gabinete.

Com a saída de Martins, Fredo sentou no sofá e deitou a cabeça para trás.

— Estou enredado, hein, Paulo?

— Está, Fredo. E por quê?

— Boa pergunta. Sou amigo do Bueno, talvez esse seja o grande problema.

— Tenta um emprego no Ministério das Comunicações, quando ele for eleito — disse Paulo.

— Não há o que fazer, Paulo? Vamos falar com o Sartori.

— O que ele quer é o Bueno fora da disputa. Ele está em segundo, sem tempo para reverter o quadro. É preciso fazer o Bueno cair. É a única chance do *Rio Sampa*. Teu compromisso, agora. Até mais.

Paulo saiu da sala sem que Fredo se mexesse da cadeira.

***

O salão do apartamento de Álvar estivera lotado toda a noite. Haviam recebido duzentos convidados festejando o seu enlace matrimonial com Bueno. Segundo ela, era coisa simples, mas em todos os cantos havia garrafas vazias do melhor champanhe. O bufê e as bebidas custaram 200 mil dólares.

Os quatro amigos estavam agora na sala. Logo amanheceria.

— Quem se habilita a um café da manhã? — Álvar sugeriu.

Todos levantaram as mãos. A noiva mandou que servissem na varanda, onde admirariam o nascer do Sol. O espetáculo do amanhecer.

— O Fredo tem uma surpresa — Celine anunciou.

— É agora? Devo dizer?

— Claro, nada de suspense, fala logo — pediu Álvar.

— Que horas são? — Fredo pegou o celular e o ligou. — Deve estar chegando...

Ouviu-se o ruído descontínuo de uma aeronave.

— Ali — apontou Fredo no céu.

Um helicóptero cresceu entre os prédios. Transportava uma faixa flutuante: BUENO E ÁLVAR, FELIZES PARA SEMPRE.

— Ooohh!

Encantada, Álvar abraçou Fredo e distribuiu beijos entre os amigos.

— Ele vai estar esperando o casal no heliporto da Lagoa, para levá-los a um fim de semana em Angra. Preparei a casa pra vocês.

— Não posso, Fredo. A eleição é dentro de duas semanas...

— Eu liguei para o seu comitê. Eles te liberaram até domingo à tarde. A equipe de gravação vai a Angra amanhã para gravar os teus compromissos de horário eleitoral.

— Faltam só 15 dias, Fredo.

— Maravilha. Está tudo arrumado, onde já se viu casamento sem lua de mel?

Álvar abraçou Bueno e o beijou longamente. Celine também beijou Fredo.

O helicóptero desapareceu entre as nuvens.

***

Às oito e meia da manhã daquele mesmo dia foi perdido o contato de rádio com a nave PT-12002, de propriedade de Fredo Bastos. As buscas começaram na tarde de sábado. O fim de semana se encerrou sem que fossem encontrados os destroços do helicóptero, que caiu no mar, fazendo três vítimas: o piloto Jones Cantagioni, Álvar do Aguiar Mello e o candidato, líder nas pesquisas de opinião para a escolha do presidente da República, Marcantônio Bueno.

***

Fredo pede um minuto de silêncio, depois coloca a braçadeira de luto, antes de juntar as mãos, numa expressão compungida. A câmera passeia pelo rosto dos convidados. Sartori e a direção da emissora estão entre eles.

— Bem, eu gostaria de dizer algumas palavras — começa Fredo, verificando no relógio que o minuto se passou. — Bueno era nosso amigo; mais do que isso: era nosso colaborador. Seria uma traição se eu não revelasse o que sei: ele foi assassinado, possivelmente, pela máfia do tráfico de armas.

Imagens em preto e branco de traficantes em uma favela e de corpos caídos nas ruas cobrem as palavras de Fredo. "Confiamos na investigação que a Polícia Federal fará, e na determinação do novo governo, possivelmente regido pelo aqui presente, o senador Sartori. Mas a verdade é que o helicóptero em que ele viajava foi atingido por alguma arma antiaérea nas proximidades de Angra dos Reis..."

Enquanto Fredo prossegue, o ibope indica um recorde de audiência: 40% dos receptores estão ligados no *Rio Sampa Show*.

* * *

Fredo entrou em sua sala e tirou a camisa suada. Serviu-se de uísque sem gelo. Paulo estava sentado no sofá, com um copo na mão.

— Você está aí?

— Estou aqui, Fredo. Agora podemos renovar o contrato do *Rio Sampa*, sem sustos.

— É verdade... Mas, a que preço...

— Os verdadeiros vencedores têm a sorte ao seu lado — disse Paulo, estendendo o copo e propondo um brinde. — Ao *Rio Sampa*!

— A Bueno! — emendou Fredo.

E beberam de um único gole.

Este livro foi composto na tipologia Electra LH
Regular em corpo 11/16, e impresso em papel
off-white 80g/m^2, no Sistema Digital Instant Duplex
da Divisão Gráfica da Distribuidora Record.